José Newton Araújo

Retalhos de Fazenda

José Newton Araújo

Retalhos de Fazenda

EDITORAS ASSOCIADAS

Para Leila

Agradecimentos

Um livro é uma obra coletiva. Por isso, agradeço de coração a quem ajudou a construir esse *Retalhos de Fazenda*. Em primeiro lugar, meu imenso obrigado a Dagmar Braga, com quem tanto aprendi, na oficina de literatura “Letras e Ponto”. Além dela, os/as colegas com quem partilhei a prazerosa e laboriosa aprendizagem da escrita: Marta Horta, Eliana Ferreira, Edith Roque. Terezinha Sette, Márcia Sartorelo, Sebastião Aimone, Imaculada Teixeira. Agradeço também a leitura atenta de Rosa Fares, Eduardo Marques, Robson Cruz, Crisane Rossetti, Regina Greggio. As finas e tão oportunas observações de Vanessa Barros, minha “orientadora”, trouxeram retoques inestimáveis ao texto. E o reconhecimento especial a Jurani Garcia, não só pela apresentação deste livro, mas pela generosa e continuada revisão dos textos, ao longo de sua elaboração. Finalmente, sou grato a toda a equipe da Editora Quixote+Do, por ter acolhido os originais desta publicação.

Apresentação

José Newton Araújo possui longa prática no ofício de escrever, particularmente na área acadêmica, na produção e orientação de teses, dissertações, pesquisas e livros, em seu campo profissional: docência universitária. Sua formação em psicologia abrange incursões na filosofia e outros ramos das ciências humanas. Por obrigação e por gosto, sempre leu e estudou muito, desde adolescente.

A bagagem humanística, o exercício de analisar e elaborar textos com apuro científico e a atração por uma vertente mais livre e criativa da escrita se mesclaram e canalizaram para a literatura suas experiências com a linguagem. Neste *Retalhos de Fazenda*, ele recorre à memória e à imaginação e constrói histórias que envolvem o leitor pelos temas, pelos personagens, pelas sutilezas de forma e conteúdo.

Em vários dos 33 contos que compõem o livro, estão presentes lembranças da infância, recolhidas do contexto social e familiar: as primeiras experiências eróticas, as lições de vida deixadas por uma empregada doméstica, a admiração por um negro forte, misterioso, e sua destreza com o machado, as maldades físicas e psicológicas que se cometiam contra um garoto humilde, as aventuras furtivas de um barbeiro surdo, as maneiras de descontrair e prolongar um velório, os casos de assombração e almas penadas.

Muitas das circunstâncias narradas nessas histórias remetem ao ambiente interiorano em meados do século passado, quando a maioria da população brasileira ainda vivia nas zonas rurais, com suas carências socioeconômicas, seu isolamento, sua luta pela sobrevivência, seus personagens típicos, seus fantasmas, crendices e fantasias.

O autor explora também diversos outros temas, reais

ou imaginários, como a truculência da polícia na invasão de uma favela, a transformação de traficantes em reis magos numa estrebaria, a rotina solidária de funcionários subalternos de um restaurante, as lembranças de uma enfermeira aposentada que vive na pele os sofrimentos presenciados nos hospitais, a melancolia de um velho sacristão afastado das tarefas que davam sentido a sua existência, o delicado término de uma relação afetiva, o instigante enredo de uma investigação policial, o sexo dos anjos.

Alguns contos são desenvolvidos por meio de textos experimentais, a exemplo do diálogo entre um ponto e uma vírgula ou uma narrativa inteira sem qualquer pontuação, que leva o leitor inicialmente a um pequeno estranhamento, mas logo depois o convoca a embarcar na proposta e seguir até o fim de um só fôlego.

Por trás das histórias, dos personagens e das escolhas linguísticas, os contos revelam uma escrita madura, minuciosamente trabalhada, com os ingredientes essenciais a uma boa prosa.

Jurani Garcia, jornalista

Sumário

PARTE I

O chinelo

O banco, rústico e antigo, ocupava quase metade da varanda. Sentado nele, café e broa de fubá contando casos, a gente escutava o ranger da porteira, metros adiante, alguém chegando ou indo embora da fazenda, pisando no cheiro de esterco. Depois da porteira, o caminho estreito de terra e grama. Do lado direito, um pasto com plantações baixas que se alastravam até uma colina próxima, nela já transfiguradas em árvores. Mais além, morros e montanhas imponentes, em desenhos irregulares, rodeavam de muito longe nossas broas e histórias. No topo desses altos, um gavião-planador mira sua presa, cá no fundo do vale. Estivesse em seu lugar, eu enxergaria apenas a fazenda em miniatura. Voando baixo é que iria perceber a varanda, talvez mesmo sem notar seu banco rústico.

Estou sentado até hoje na lembrança desse banco. À sua direita, a escada que desce até o terreiro, calçado por pedras grandes e desiguais. Só debaixo da varanda o chão era de terra, plano, espaço levemente sombrio e silencioso, dando para os cômodos internos, utilitários – o paiol, o depósito de enxadas, foices e arreios, além da balança enorme que estimava sacos de milho, feijão, arroz, café.

Desci a escada, ia pegar um chinelo que escapara lá de cima. Àquela hora, duas da tarde, os empregados não costumavam trançar por ali. Pela manhã é que apanhavam ferramentas, arreavam cavalos, pesavam grãos, só voltando, cansados, à tardinha. Agora pergunto: o acaso existe? Tivesse o chinelo caído um minuto depois, o mundo continuaria o mesmo. Eu é que não teria esse caso para contar.

Pois no justo passo em que pisei o baixo da escada minha atenção afrontou um vulto – não, não era sombração – chegando sei lá de qual banda do terreiro.

Ela andava devagar, parecia distraída. A gente apenas se conhecia, não costumávamos trocar palavras. Os olhares se encontrando naturalmente, bastava cada qual dizer um "oi" indiferente e continuar seu rumo. No entanto, nem se gastou palavra nem se tomou rumo. Pena que, tantos anos depois, eu não consiga retraçar as minúcias, trejeitos e abalos subterrâneos que, em segundos, nos fizeram ralentar os movimentos. Memória fraca, lembro apenas o plano principal da cena, nós dois estáticos, frente a frente, coisa de um metro. Continuávamos mudos. Também sou parco para figurar a surpresa de uma situação que brota do nada e só Deus sabe aonde vai desaguar.

Era verão, muito calor, vento nenhum, as árvores quietinhas, em torno do terreiro. Ela, camiseta de algodão, um short bege curtinho. Eu, camiseta e calção. Alguma voz longe, nos fundos da casa. Ninguém na varanda. Pássaros e seus pios eram escassos nos pés de goiaba e manga que ladeavam a porteira, nossos olhares persistindo sem palavras. Hoje sei, em silêncio também se maquinam conchavos, tramoias. E repentes não se planejam. Cabelos curtos cacheados, nariz e boca pequenos, olhos amendoados: traziam súplica, convite, cupidez? Ou tudo isso, já embaralhado em minha cumplicidade?

E aconteceu. Ela, em câmara lenta, levou as mãos ao short, começou a descê-lo. Nada mais por baixo. "Eis aqui", pareceu simplesmente me dizer, sem dizer. E me fitava. Paralisado, eu contemplava a quietude daquela exposição, quase uma tela renascentista. No entanto, seu olhar intenso me requeria. A bem dizer, nuances da nudez nem reparei tanto. Gravado mesmo, dela, ficou o olhar. Fosse hoje, ainda saberia reproduzir cada traço daquele semblante gozoso.

Movimento contínuo, coube a mim prosseguir o inacabado, era a minha vez. No mesmo ritmo lento, igual mudez, fui descendo o calção. Também disse, sem dizer: "eis aqui". Ela, sem um piscar, me desfrutou. Quanto durou o mútuo deslumbre, a recíproca oferenda? Inútil perguntar. Cronômetros não medem o tempo da fruição, da entrega. A distância entre nós permanecia. Ali mesmo nossos desejos alcançaram a saciedade.

Depois, finalmente, uma palavrinha? Que ao menos se dissesse: era isso que eu queria com você, em você, não mais nos carecemos, até mais ver. Tudo, porém, já estava dito, dispensou-se aquela prosa do depois, dos arremates. Ela foi retornando por onde chegara. Busquei o lado oposto. Voltei ao mundo, me dei conta de que estava ali por um chinelo. De novo, vozes poucas, lá dentro da casa. Uns raros trinos da passarada preguiçosa, ainda fazendo a sesta.

Nunca mais nos falamos – eu sempre voltava à fazenda –, apesar daquele instante tão singular. Motivos para ignorá-la? Tinha sim, nossas famílias habitavam lugares, fazeres e manjares diferentes, naquele casarão. Mandamentos velados também nos separavam pela cor da pele. Só não previam que o tempero do proibido pode quebrar tábuas da lei e preconceitos. Mesmo que isso ocorra só por um minuto. Mesmo em silêncio, sob uma varanda da infância. Ela tinha seis anos, filha de um vaqueiro do vovô. Eu tinha sete.

Retalhos de fazenda

Não sei se o vidro com a tintura de iodo estava cheio. Só lembro que eram oito horas da noite. Tia Lisa fora pegar o despertador sobre a cômoda e esbarrou no solitário frasco, que caiu e se esparramou sobre a tranquilidade do velho assoalho. Do iodo sobrou a mancha escura no chão e um forte cheiro no ar. Naquela noite, eu ia dormir, com tia Lisa e vovó, ali no quartinho do fundo. O vidro quebrado e o susto avivaram em mim a cena que eu teimava em não lembrar, naquela tarde em que Gabriela e eu roubamos os biscoitos vindos do Rio de Janeiro. Nós dois tivemos poucos segundos para sair de fininho da grande varanda, resvalando pelas salas de visita e jantar, pulando para o chão de terra batida da cozinha, até chegar ao suspeito quartinho do fundo.

Entramos caladinhos, Gabriela me puxando, para devorar os sofisticados biscoitos que vovó deixara na varanda. Tio Geno trouxera-os do Rio, numa lata cheirando a luxo, desenhos coloridos por fora, biscoitos em papéis de seda estampada, por dentro. Sentamo-nos, sorrateiros, voltados para a parede que ostentava uma longa rachadura debaixo da janela. Biscoitos comidos às pressas, sorrisos abafados de satisfação, só aquela greta na parede turvava o gostinho proibido dos biscoitos e da cumplicidade da prima.

Pois é, agora, meses depois, estava eu de novo no quartinho. Dessa vez, apenas um menino, aos olhos de vovó e tia Lisa. Só as duas e eu, na imensa fazenda de uma noite de domingo. Tínhamos vindo a pé da cidade. Quatro quilômetros de estrada de terra. Ir a pé era o costume. Mas a travessia daquele domingo nunca mais esqueci.

Depois que passamos a ponte do Tatão, avistamos o Vito, empregado da fazenda, galopando em direção à cidade. Semblante tenso, voz fina e rouca, falou duas frases curtas para a vovó. Ia chamar a polícia. Assustadas, vó e tia Lisa o despacharam logo, sem mais explicações. Seguimos caminho. A tia me segurou a mão, coisa rara, pois gostava de me deixar livre. Quando entramos num longo trecho reto da estrada, vimos, lá longe, o vulto estendido na terra úmida.

– É ele, mamãe, disse a tia, já pálida, sua mão esfriando e seus dedos quase se soltando dos meus.

Apertamos o passo, em curiosidade e aflição. A imagem branca no chão ia crescendo, à medida que a gente andava e percebia, cada vez mais nítido, o corpo na beira da estrada, meu coração batendo forte, até pararmos de todo. Queríamos espiar.

– Foi sangrado sem piedade, suspirou vovó.

– Coisa do Zé Silvério, tinha jurado vingança, ajuntou tia Lisa.

– E já escapou pelo morro das Amoras, continuou vovó, a polícia não pega ele mais.

Além da imagem do defunto, um tal de Bentinho Preto, lembro que o espanto de vovó e de tia Lisa não foi lá essas coisas. Afinal, morto esfaqueado no chão era história comum, naquele lugar. Havia sempre uma cruz, aqui e ali, ao longo da estrada, reverenciando a alma tombada por obra de faca, de foice ou de bala. De todo modo, rezamos – foi sugestão de vovó – uma salve-rainha para o pobre finado. A prece mexeu com as "questões últimas" da tia Lisa:

– É, gente, por onde estará voando a alma dele a estas horas? Céu, inferno, purgatório... será que ele morreu em pecado?

– Quem sabe, não?, retrucou vovó, pode muito bem ter sido esfaqueado em estado de graça.

Senti o peito apertar. Era a primeira visita da morte, assim tão de perto. Eu acabara de completar sete anos. Tia Lisa me olhou de lado, engoliu em seco e mais nada falou. Mas a pergunta dela ficou rondando minha palidez calada: "Por onde estará voando a alma dele?". Olhei mais uma vez o cadáver mal estendido na terra cascalhenta, pés grosseiros, descalços e sujos de barro, mãos calejadas que não iam mais pegar enxada, calças e camisa brancas para a missa, domingo derradeiro, cinto gasto de couro e chapéu roto, ao lado do sangue e do peito. O chapéu foi ficando para trás, tia Lisa me puxando de leve, à medida que retomávamos o destino da fazenda.

Já era finzinho de tarde. Estava eu sozinho, na varanda. Vovó e tia Lisa na cozinha, arrumando a janta. A paisagem, sempre tão fascinante, pois tudo na fazenda era encantado, tinha agora um tom sombrio: o terreiro calçado com enormes pedras arredondadas e irregulares, a porteira calada, o brejo onde a gente se enlameava até as canelas para apanhar mamonas, a preciosa munição dos estilingues. Depois, o chiqueiro, a vegetação rasteira até o pé da encosta, a esmirrada plantação de cana e, morro acima, a mata fechada.

A penumbra da noite chegando se confundia com meus sentimentos. Já não se ouvia o alarido da passarada. Em seu lugar, vinham lá de longe os pios chorosos de corujas, curiangos e outras aves de voz rouca e agourenta, arautos da entrada da noite. Para mim, era o réquiem dos pássaros, encomendando a alma de Bentinho Preto, mais um roceiro que morreu por um motivo menor: uma discussão besta, numa rodada de cachaça, assunto de mulher, ofensa puxando palavrão, puxando tapa na cara, puxando punhal, pois roceiro que é roceiro não leva desaforo pra casa, azar se amanhã tem mais uma viúva, mais órfãos a pegar na enxada antes do tempo.

Comecei a chorar baixo, não por pena ou medo do

falecido. Era a falta dos primos e primas, na solidão da fazenda, que a noite acabara de vestir de luto.

O que jantamos, nem lembro. Só me revejo naquela cena do vidro caindo, oito da noite, o cheiro e a mancha do iodo no chão. De repente, tia Lisa solta um grito seco, mistura de susto e do bom humor que ela carrega até hoje:

– Nossa Senhora, mamãe!

E no mesmo segundo, falando pra mim:

– Olha bem devagar, olha a visita que o cheiro do iodo atraiu aqui pro quartinho.

Eu olhei foi para a tia, sem entender nada. E ela repetiu, com esmero ainda maior na voz:

– Olha, mas não sai do lugar. Quietinho aí, que eu vou apanhar o chinelo.

Senti uma ameaça no ar. Arrepiei, virando a cabeça devagarinho, o resto do corpo eriçado e imóvel. Lá estava ela. A dois metros de mim. Tão pavorosa quanto inesquecível. A maior caranguejeira que eu jamais tinha visto, até aquele dia de menino. Novo arrepio intenso. Mas tive a sabedoria de não me mover um centímetro. Só escutei, atrás de mim, o barulho leve dos passos de tia Lisa. E um "plash" com toda força do chinelo contra a parede:

– Boosta, errei!

A enorme aranha sumiu, numa correria de segundo, escapando para dentro da rachadura da parede, sob a janela. Nada mais adiantava fazer. E agora? Se a gente dormir, ela pode voltar e...

– Vovó, quem sabe um tição de brasa pra espantar ela?

– Cê besta, menino!

E foi logo emendando pra tia Lisa:

– Oh!, errou, tá errado. Vamos dormir, amanhã tem trabalho cedo.

Tia Lisa coçou a cabeça, desolada pela falta de pontaria. Foi apanhar o chinelo. Em seguida, debaixo de seus travesseiros, cada uma delas pegou a própria camisola. Aí veio a infalível ordem que todos os meninos da família, naquela hora, escutavam das mães, tias, avó ou primas já moças:

– Ei, fulano, vira a cara pra parede, a gente vai trocar de roupa.

E começava o ritual – para elas bem corriqueiro – de se despirem, contando casos distraídas, enquanto nós meninos padecíamos a proibição de pecar pelo olhar, pecado mortal ou venial, dependendo daquela que queríamos ver pelada. Sem mais, voltei a cara e o desejo para a parede. E dei direto com a fenda por onde a caranguejeira entrara como um corisco.

Foi bem diante daquela rachadura que Gabriela e eu, meses antes, nos sentáramos, nossos corpos se encostando desapercebidos, para comer os biscoitos roubados. Enquanto mastigávamos apressados, mais para comemorar o roubo que para saborear o roubado, notei que a janela estava quase fechada, o quarto quase escuro. Percebi também, um tempinho depois, que nem Gabriela nem eu nos mexíamos pra ir embora. Um calor esquisito começou a escalar meu corpo. Aí foi que reparei: ela estava bem encostada em mim, e eu nela. Os risinhos de biscoito foram rareando. Rareando e parando. Raspei a garganta e, meio despistado, o coração começando a disparar, fui virando o rosto para o rosto dela: seu olhar decidido e fixo já ofegava o meu. Olhar assim nunca trocado entre nós. Fiquei desacertado, afinal só tínhamos planejado a safadeza dos biscoitos. E agora? Como é que... não cheguei a terminar a pergunta. Um lento gesto de Gabriela já respondia, no leve deslizar de sua mão sobre a saia bordada de flores. Minha falta de jeito apenas acompanhou, num suspense obediente, aquele comando silencioso, enquanto minha mão, de mansinho, foi buscando a dela. Era tensa a harmonia das mãos em câmara lenta, a saia se encolhendo e nossa respiração crescendo num só compasso. Mas o vexamoso "e agora?" insistia. Eu não tinha noção do próximo passo daquela cena tão inaugural e inesperada, minha mão perdida entre o desejo e a culpa já anunciada. Prosseguir como? Sempre fui um cagão, na hora das iniciativas. Intimamente, torcia para Gabriela continuar no comando; afinal, ela era dois anos mais velha que eu e, além disso, foi ela que começou, ela que, eu não...

– Gabriela!, berrou vovó de estalo, lá da cozinha.

O grito era também para o resto da meninada, espalhada pelos muitos cantos da casa.

– Rafael, Juninho, continuava ela a gritar, o biscoito tá na mesa!

Um só segundo bastou – ui!, vó, me livrou dessa – para estarmos de pé, Gabriela e eu, sem ruído algum, abrindo a janela devagarinho, saltando em silêncio para o terreiro e chegando à cozinha, cada um por uma porta diferente, encenando toda descontração possível:

– Tá chamando a gente é pro café, vovó?

– Vó, o biscoito hoje é de polvilho?

Eu continuava olhando a fresta na parede. Vovó e tia Lisa trocando de roupa. A imagem da caranguejeira ainda era forte. As duas falavam qualquer coisa, mas o que meus ouvidos, apuradíssimos, mais imaginavam que escutavam era o desabotoar de blusas, o descontraído descer de saias, o despregar de sutiãs. O amplificado som de roupas, tecendo contornos de seios e pernas, foi de repente se embaralhando com os pelos asquerosos da aranhaçu. Uma tremedeira incontrolada tomou conta de mim, puxando-me para dentro do rachão da parede. Fantasmas ali flutuavam e se atropelavam, num nevoeiro de ameaça e lascívia: a alma de Bentinho Preto voando para a eternidade do fogo ou do gozo, a aranha resvalando entre ventres e coxas, sussurros de saias e papéis luzentes de biscoitos, mulheres nuas gritando "vira a cara pra lá, menino!", o calor inacabado de Gabriela... minha visão se embaralhou de vez, um calafrio me varreu da cabeça aos pés, foi um faniquito que não deu pra segurar.

– Que qué isso, menino? Tá dando ataque?

– ... Humm, é... é medo da aranha, vovó!, mal consegui balbuciar, flagrado em desejos e terrores.

– Bobagem, ela já tá longe.

E ajuntou, com toda naturalidade: "Pode olhar pra cá, já acabamos". Aí me dei conta: não havia mais nenhum ruído de roupas. Virei a cara rápido. Só vi as enormes camisolas, nada transparentes para a minha desconsolada libertinagem.

– Lisa, tornou vovó, apague a lamparina. Boa noite, meu filho!

– Bença, vó; bença, tia.

As janelas da fazenda eram feitas de tábuas toscas. Por suas frestas, em noites de lua, feixes de luz tênue e repousante invadiam os quartos, embalando nosso adormecer. Naquela noite, lua nenhuma. Só a escuridão bufava lá fora, no voo dos ventos de outono. Com tantos acontecidos, não consegui me apagar logo em sono. Meu corpo ainda se remoía descompassado, enquanto os fantasmas de Bentinhos, seios, pernas e caranguejeiras se diluíam, aos poucos, no ventre da parede. Ainda quis chamar tia Lisa ou vovó, dizer que estava com vontade de mijar. Mas me contive, ia ser uma bronca daquelas. Busquei concentrar-me em alguma coisa, enrosquei-me como pude nas cobertas, todo encolhido, sem um mínimo movimento, sentindo a respiração se acalmar.

O silêncio total do quarto me permitiu, pouco a pouco, captar novos ruídos, nada ameaçadores. Era a cantoria dos sapos, no brejo próximo ao chiqueiro. Tentei recordar a lição da escola, decifrando as diferentes vozes na coaxação geral: o roncador, peito cheio, era o sapo-cururu; o contralto esgoelado, coaxando em marteladas, devia ser o sapo-ferreiro; um terceiro, tenor insistente, gargalhadas surdas... desse eu não lembrava o nome. Um grilo aqui, outro ali, cumpriam a estridência das cordas de violinos. Três latidos residuais de um cachorro longínquo. O restante do coro noturno era entoado pelo vasto silêncio das redondezas. E antes que novo latido ecoasse, uma fadiga salvadora foi chegando de mansinho, algum anjo de mãos assexuadas fechando meus olhos, sons e imagens despedindo-se lentamente, deslizando para além do quarto e de meus franzinos temores.

Minha madrinha

Quantos anos? Dois, três? Por aí. Era a idade em que a linguagem me abria janelas para voar adentro e afora de mim. Foi a Tina que me iniciou nessa aventura. Magra, parda, era a mais velha das duas empregadas lá de casa. Nunca soube por que meus pais me deram a ela, como afilhado. Disso eu tirava proveito, ganhava doces fora de hora, além de seu riso miúdo, gosto de cumplicidade. No entanto, mais que mimos, eu ganhava a delícia de ouvir seus casos. Cuidava de mim e conversava, varria, cozinhava e conversava, torcia roupa e conversava. Confesso: os casos mesmo, esqueci todos, mas uma expressão me ficou grudada. Ela sempre recorria ao "de primeiro" em suas histórias: de primeiro, as roupas eram mais feias; de primeiro, a gente só andava a pé; de primeiro isso, de primeiro aquilo. Referia-se, por certo, ao seu antigamente, aos tempos de menina pobre, lá do mato.

Cresci marcado pelo "de primeiro", mas entendia a expressão ligeiramente deturpada. Para mim, o "de" era trocado por "dia". Eu escutava: "dia primeiro", menino ficava doente à toa; "dia primeiro", chovia muito mais na roça. Em minhas imagens ainda banhadas a mamadeira, Tina estava narrando os dias e os eventos primordiais da criação do mundo. Com um detalhe: tratava-se de eventos que ela presenciara. Sim, ela estava lá, no incandescente "dia primeiro" do faça-se a luz. Para ser mais preciso: em minha nascente cosmologia, Tina não apenas estava lá, testemunhando, ela foi auxiliar na construção do mundo.

Anos mais tarde, na escola, soube que o "dia primeiro" do universo ocorrera bilhões de anos antes de minha madrinha. Decepção, o novo relato ia além do meu umbigo. Mas agradeço a Tina, que me introduziu nesse Gênesis já não tão paradisíaco: "dia primeiro, a gente passava mais fome, tinha verme na barriga, tudo magrelo". Daí eu imaginar só cara de gente minguada na origem da humanidade.

Tanto tempo correu. E nesse tanto, pois já passei dos oitenta, o danado do "de primeiro", vez e outra, remexe num cantinho da lembrança. E sem o menor motivo. Não é por causa da Tina. Ela nem continuou conosco, foi morar e trabalhar em Belo Horizonte, sempre empregada doméstica, mixaria de salário. Casou, teve uma filha. Vivia doente. Tinha xistose, que pegou na beira de rio, ainda menina, antes de trabalhar lá em casa. Quando morreu, amarela, barriga d'água, eu acabara de fazer quarenta anos. Fui ao velório, era noite, numa pequena igreja evangélica, na periferia da cidade. Além de mim, três pessoas ao lado do caixão. Somente nesse dia conheci sua filha, que nunca mais encontrei.

É quase automático repetirmos o lugar comum: "a vida continua". Mas, depois dos oitenta, comecei a sentir que a vida descontinuava. De fraqueza em fraqueza, fui mudando minhas rotinas, o médico explicou à família: um agravo senil. Nem perguntei do que se tratava, entendi que era doença de velho, e pronto. Mandei ele à merda. Quem entende de mim sou eu. E tem um detalhe: esse mal da idade, se tem mal nisso, me ajudou a ver o mundo diferente, a fisgar muita coisa que ninguém enxerga. E sabe quem me ajudou nisso? Foi a Tina. Vou explicar. Há alguns meses, ela começou a aparecer pra mim, quase toda semana, sempre à noite. Conversando com ela, descobri o que os jornais, rádio, televisão, insistem em esconder: o fim do mundo tá muito perto. Basta abrir os olhos, o montão de bomba atômica pronta pra explodir, a terceira guerra mundial não demora. As profecias de Nostradamus estão aí para confirmar, abram esse livro em qualquer página. Tenho avisado aqui em casa, o dia da ira vai chegar e nos engolir num segundo. Mas ninguém me acredita.

Hoje, definhando na velhice, doses de remédios só aumentando, quase surdo, humilhado por usar fraldão. É tudo uma bosta, nem saio mais sozinho à rua. Só eu pressinto o momento final, a frase derradeira da história que Tina começou a me contar, de garoto. Quando ela reaparece, em vez do "de primeiro", vai listando o que vai acontecer "de último" – um meteoro gigante vai ribombar na Terra; voltarão as epidemias, a fome, a seca; saques nos supermercados, multidões famintas e enfurecidas, milícias oficiais assassinando quem estiver nas ruas.

Aqui em casa, falam baixinho que estou caducando. Só a Tina e eu acreditamos que o apocalipse tá chegando ali na esquina, em cada esquina deste planeta. Eu queria bem que ela viesse a cada noite, a gente ia prosear horas e horas, até a madrugada.

Daqui a um tempo, e não tá longe, é minha hora de bater as botas. E o apocalipse chegando junto. Quantas cenas terríveis, diante de mim e da Tina. A gente vai assistir de camarote. Vou rir dos otários que ficam zoando minha caduquice. Será uma curtição, eu escutando a Tina descrever as desgraças "de último". Acho até que vou chamar a atenção dela: "de último" não, madrinha, é "dia último".

É só o que sei dele

Corpulento, alto, semblante recolhido. Cabelos grisalhos, pés rudes de quem sempre andou descalço, mãos calejadas pelo ofício. Falava pouco, muito pouco, apenas trabalhava. No entanto, sua figura e gestos lentos se impunham, pareciam encher largos espaços. A pele negra era sua pomposa veste que, maltratada, estampava rugas do tempo e de resignação. Preto que até lumeia, comentava minha avó, num pretenso tom de humor que soava claramente a zombaria e preconceito.

Não convivi com ele, tive somente alguns momentos de presença, vendo-o talhar a madeira no quintal de minha casa. Eu ficava parado, contemplando. Um enorme serrote, cunha, marreta e principalmente um machado, o instrumento que mais utilizava.

O tronco de árvore, no chão, tinha entre quatro e cinco metros. Madeira de lei, quase escura como ele, acho que era braúna. Em seu retraimento, já devia beirar os sessenta anos. Não era um lenhador, mero rachador de lenha. Era, antes, um hábil carpinteiro, um artesão, embora ninguém o colocasse nesse lugar. A tora da braúna se moldava aos talhos do machado, que mais parecia um cinzel de artífice. O tronco, que a natureza fez crescer arredondado, ele transformava numa requintada peça de quatro ângulos. A régua para medir obra tão bem-acabada eram sua inteligência prática, as mãos e, posso garantir, seu zelo em esculpi-la. Apesar da paga irrisória, esse labor lhe rendia prazer, ainda mais que, para admirá-lo, tinha um espectador, que fosse um menino de seis a sete anos.

Para que ou para onde aquela peça tão esmerada? Um

simples barrote, uma viga que, junto a outras, iria sustentar uma parede, um assoalho, um telhado? Nunca soube, nunca perguntei, isso não despertava minha curiosidade. Bastava entreter-me com seu jeito de desbastar a madeira, conversando com ela.

Na memória, a destreza do machado e a imagem grandiosa daquele homem. Grandiosa por sua estatura, o hábil silêncio, embora submisso, a camisa ensopada de suor, tantos golpes repetidos, pacientes, certeiros. Grandiosa sobretudo pelo seu nome: Barandão. Esse apelido retumbava como uma síntese de seu tamanho, negrume e maestria, exigindo reverência na expressão de cada sílaba.

Fico pesaroso de recordar apenas a braúna lapidada por um obreiro anônimo, fisionomia padecida, conformada. Dele nada mais sei. Teria nascido na virada do século XIX, era a própria efígie viva de um escravizado. Se morava sozinho ou tinha família, como levou a juventude, seu convívio com outros pretos, se frequentou escola, se amou alguém... só perguntas. Talvez gostasse das músicas que entoavam melodias banzas. Tempo vai, tempo vem, sua imagem reaparece como um fenômeno insistente, pedindo decifração.

Guardo essa lacuna. Se fosse historiador, iria escarafunchar sua vida. Iria atrás dos mistérios e sofrimentos que ele carregava nas mãos calejadas e no peito. Descobriria que, quando jovem, além de esculpir com rara destreza a madeira bruta, ele também usou o machado como arma. Nascido numa comunidade quilombola, teria vingado os irmãos assassinados por fazendeiros que invadiram suas terras. Depois, fugiu, perambulou por vários recantos, descendo o Jequitinhonha, até chegar à minha pequena cidade, sem biografia e sem documentos, apenas buscando trabalho – jamais contaria ser procurado pela polícia que protege fazendeiros. Barandão teria sido o nome que melhor se ajustara ao seu tamanho e silêncio. Sentindo-se vingado, habitando novas terras, passaria o resto de seus dias acalentando dois aprazimentos: o primeiro, publicamente sabido, de encantar a madeira; o outro, secreto, de ter mandado pro inferno quem destruiu seus laços de sangue e seus sonhos.

Ele tinha os olhos sempre avermelhados, sem chorar. Mas parecia. De resto, só sei mesmo do vulto negro e calado que teima em não se apartar de minha infância.

Corruptelas

Naquela noite, Naninha soltou mais uma: "Tem inferno que nem chuva de água benta apaga, o fogo continua lá, escondidinho". Não pedi explicações. Inferno poderia ser um amor desfeito, agrura que água e tempo nenhum desbotam. Além disso, a imagem do fogo não acendeu minha bisbilhotice infantil, àquela hora. Eu estava na cozinha, tomando leite, antes de ir pra cama. É verdade, no entanto, que outra chama já me ardia, embora em fogo brando: as pernas de Naninha. Ela passava horas na máquina de costura. Eu ia estudar perto, caderno de exercícios e tabuada na mão, olhos atentos na saia curta, joelhos e panturrilhas esculturais, pés graciosos se esfregando um no outro ou no pedal da máquina, mesmo quando ela nada costurava, como à procura de outros pés. Eu tinha motivos pedagógicos para ficar ali: Naninha fora ótima aluna na escola e me ajudava no dever de casa – ortografia, subtração, multiplicação. Suas mãos sedosas, *treze e doze*, *vinte e cinco*, guiavam miríades de sobe e desce da agulha velejando sobre o tecido, *sete vezes oito*, *cinquenta e seis*, a carretilha se esvaziando, meus encantos inflando. O semblante sofrido, *não é dois esses, é com cê cedilha*, traduzia em resmungos seu inferno inapagado. Insensível a ele, eu continuava a me alfabetizar em seu corpo. Tudo alinhavado num só pano de fundo: meu desejo não soletrado às claras. E assim eu fazia minha lição: uma olhada de mentira no caderno e outra de verdade em seu peitinho pespontando minhas fantasias.

Terminada a costura, ela abria uma caixa de peroba rosa, as bordas da tampa arredondadas. E ali acomodava carretéis e tubos de linha, tesoura, dedal, além de outros objetos pessoais: um estojo de pó de arroz, outro de *rouge* com um espelhinho do lado de dentro. Também tinha terço, medalhas e outros tesouros, cujo valor e história ela guardava no relicário do silêncio.

Em nossa família, Naninha ocupava um lugar nunca dito em alta voz. Era mistura de empregada e parente longínqua, de família pobre. Viera da roça para estudar, morando conosco. Inteligente, revoltada, misto de espirituosa e atrevida, ao grunhir seus desalentos. A alusão ao inferno tinha a ver, só mais tarde entendi, com seu lugar à margem, naquela casa: parente que não almoçava à mesa conosco, vestidos mais rudes que os de minhas irmãs, dormia no quarto de empregada. Um dia, peguei-a chorando baixinho. Tanto que, tempos depois, não deu outra: casou, mudou e não nos contou. Nunca mais deu notícias. Em sua bagagem sem volta, mais rancores que gratidão aos parentes. Eu participava da discriminação familiar, ficando perto dela só por razões gramaticais.

Ela foi embora, mas deixou lembranças fortes. Além do feitio sensual, também ficaram em mim suas palavras, com imagens que eriçavam minhas agonias infantis. Por que, afinal, gravei aquela máxima sobre fogo e água benta? Só compreendi isso naquele dia em que eu e Zé Martin fomos buscar as vacas no pasto. A sentença de Naninha irrompeu sem se anunciar, acendendo meu inferno, naquela tarde de outubro.

Outubro de meus nove anos, de onde até hoje carrego a pergunta: por que o Martin em seu nome? Era assim que a gente o chamava, correndo atrás da bola entre poças d'água, no tempo de chuva. Martin devia ser corruptela de Martinho, *inho* que o irmão mais velho, Onofre, ainda aprendendo a falar, encurtou para *in*, castrando o nome que os pais registraram com tanto gosto, tantos sonhos. Mas a origem podia ser outra, lavrada aos poucos nas peladas de rua. Pois quase todo dia era aquela chuva de delicadezas em cima dele:

– Ô, Zé Martinho, chuta logo, seu panaca!; ô, Zé Martinho, não prende a bola não, caralho!

Dias e meses depois, nossa impaciência minava a integridade do *inho*, com a doçura de sempre:

– Ô, Zé Martin, corre mais, seu fudido!, vai de carrinho, Zé Martin, seu muiezinha!

Pensando bem, cortar o *inho* foi tarefa rápida. Imagino que, naquela pequena cidade, a boca do povo levou anos para rebatizar o Sebastião padeiro de Bastião e, depois, Tião. E o Seu Joaquim da venda, que virou Sô Quim? Josefina, empregada do padre, encolheu para Fina, apesar da barriga que arredondou, graças ao piedoso cura. Outro caso – mas esse é muito antigo – aconteceu com os viajantes que, rumo a Constantinopla, levaram décadas para encurtar o *eis ten polin* do grego.

– Não entendi nada, protestou Naninha ao padre Avelino, meu tio paterno, professor de grego no seminário.

Sempre que nos visitava, fazíamos uma rodinha para escutar seus casos eruditos e curiosos. Zé Martin também comparecia.

– Calma, Naninha, respondeu o tio. *Eis ten polin*, na língua de Platão, quer dizer *para a cidade*, entendeu?

– Fiquei na mesma.

– Então escute bem: os romanos chamavam Roma de *a cidade*. Os invejosos turcos, ao tomar Constantinopla, também quiseram chamar a nova capital de *a cidade*. E quando os viajantes se perdiam no caminho, perguntavam aos moradores da região: "Ô moço, como é que a gente vai *eis ten polin*?". "Vai o quê?". "*Para a cidade, moço, eis ten polin*". "*Ah, eis ten polin*? Sigam por aqui, no rumo de minha mão, só mais dia e meio". "Brigado, moço!". Pois bem, crianças, muitos e muitos anos depois, o *eis ten polin* já era *is ten polin, is ten bolin*...

– Vou na cozinha beber uma água, falou Naninha.

Essa história tá demorada.

– Tá acabando, retrucou o tio. Olhe só: por fim, os caminhantes rumavam apenas para *stin bolin*, até chegarem perto de *stinbol*, *stenbol*, *stanbol*, e parar de vez, cansados, em... adivinhem, em?... em *Is-tam-bul*. E agora, entenderam?

Zé Martin também não pescou nada. Preferia continuar tirando um espinho no pé. E até soltou outra corruptela: *simbora jogar bola*!, que espremeu o *vamos embora* para a pele expelir logo o espinho. Eu também não achei graça no caso, muito complicado, falei que ia sair com ele.

Istambul e as peladas de rua não passam de hipóteses. Pode ser que Martinho tenha se truncado em Martin devido à própria sem-jeiteza dele, olhar caolho sem mira, além do ar servil que o diminuía aos nossos olhos. Ou pelo corpo minguado, gerado de pais pobres, eles também mal gerados, vai saber! Se naquela rua barrenta de poças d'água morasse um psiquiatra, ele ajuntaria: é um caso de oligofrenia, coisa de pouco desenvolvimento mental. "Tenham paciência com ele, é oligofrênico", repetiria a professora para os meninos da escola e da rua, depois de instruída pelo doutor.

Só sei que, até aquele dia, Naninha e Zé Martin não me traziam o menor desassossego, meus temores de menino estavam escondidos em outros baús.

Em vez de pegar a bola, depois da erudição mal digerida do tio Avelino, fomos andando à toa, Zé Martin e eu, chegando à rua do cartório, que descia esburacada até o rio. Só menciono que o cemitério ficava perto do rio para esclarecer que suas águas corriam tranquilas durante o dia, quando as almas defuntas ficavam quietinhas, sob as lápides. Era dar noite fechada que elas começavam a escapar, vultos e gemidos medonhos. Pobre do coitado que passasse por ali, era uma correria só, pedindo socorro, a cidade toda ficava sabendo. Almas não fazem medo umas nas outras, só nos vivos, era a versão, aliás plausível, que corria pela boca da meninada. À noite, depois de brincar de pique, a gente se sentava no meio-fio para consolidar as verdades deste e do outro mundo.

Foi o Zé Martin quem primeiro contou esse conto das almas, a gente só ia aumentando um ponto. Assim, depois de assustar quem passava pelo cemitério, as penadas, barulhentas e satisfeitas, iam se banhar no rio, provocando correntezas ou redemoinhos, fenômenos que os cientistas locais – médico, professoras primárias, vigário, escrivão – jamais conseguiram explicar. Mas nós, meninos, sabíamos por que elas assombravam os transeuntes do lado de cá do cemitério e da vida: era pura inveja, pois não podiam mais, por toda a eternidade, fazer o que a humanidade faz de mais importante: brincar de pique, andar de bicicleta, matar passarinho, bater uma punhetinha coletiva atrás do muro da escola, chupar jabuticaba no pé. Muito despeitadas essas almas, puta qui na merda!

Cemitério, no entanto, não lembra só almas sacanas. Tinha também as procissões acompanhando o caixão. Se o morto era um vizinho ou parente, eu ia junto com Naninha e Zé Martin. O mais sombrio, no enterro, eram os tufos de capim cidreira, de um e outro lado, na entrada do cemitério. Eles cheiravam, cheiravam muito, enquanto a gente seguia o defunto, em total silêncio. De ruído mesmo, só o chiar dos passos no cascalho ou do terço na mão das mulheres. Aí que o capim exalava a morte mais ainda. Era tanto que, até bem pouco tempo, eu tinha um leve arrepio quando alguém me servia chá de cidreira. Não pelo gosto, mas pelo cheiro da lembrança, rebrotando no nariz e na alma. As escolas bem que deviam ensinar pra gente: "só os olhos, não, nariz também é janela da alma". Ultimamente, até aprecio chá de cidreira. Bem, fica um cheirinho besta dos passos de enterro, mas não tô nem aí, bobagem, acabou e pronto. Só não esqueço mesmo o inferno das vacas e do Zé Martin, tormento que a Naninha prenunciou.

Pois era paralelo ao rio, logo depois do cemitério, que começava o caminho na direção do pasto. Meu pai pedia pra gente ir lá buscar as vacas, pra ele curar bernes, catar carrapatos, sei lá mais o quê. Era eu ou meu irmão, ajudados por um vizinho da rua, Zé Martin ou outro que passasse zanzando, estilingue ou umas bolinhas de gude na mão. O pasto era pequeno, apelidado pastinho, com o tempo também corrompido em *pastim*. No caminho, vez ou outra, uma cobra passava apressada perto da gente. Lembro-me bem de uma. Ela nem queria me atacar, a coitada, mas eu dei um salto, Zé Martin também, e lá caímos nós de pancada em cima dela. Sem tanta festa, é verdade, pois cobra no caminho tinha sempre uma, a gente estava acostumado. E uma coralzinha de nada, palmo e meio, nem tinha figura de peçonhenta, inda mais com aquele colorido forte e bonito. Meu pai, no entanto, avisou que era mais perigosa que cascavel ou jararaca, não havia contraveneno pra ela. Cobra morta, mostrou-se o pau em que a penduramos, lançando-a, em seguida, lá no meio do rio.

– Nossa!, tamo atrasado, vamos logo pro pasto. As vacas, Zé Martin, tá querendo chover.

Dois meninos tocando três vacas. Elas na frente e nós seguindo seus passos, evitando pisar nas placas de bosta que elas calmamente distribuíam, aqui e ali, com palavreado diverso: ploc!, plac!, plo-plo-plaac! Nesse dia, cada um de nós tinha um porrete na mão, não sei se cabo quebrado de vassoura, pedaço de bambu ou galho de árvore, instrumentos rotineiros e inúteis para guiar as vacas, elas eram bem mansas. De metros em metros, uma paulada aqui, outra ali, nas ancas, na ossada traseira, no rabo que espanava moscas. Zé Martin, como de costume, andava meio torto, corpo fora do prumo, coisa de nascença. Pouco falava, parecia sempre obedecer a quem estivesse com ele. Me remordo. Foi ali que a sentença de Naninha entrou em cena, que meu inferno irrompeu. Zé e eu não éramos amigos nem inimigos. Só vizinhos de peladas de rua, de brincar de pique, de assistir à revoada das tanajuras, nas tardes de sol com chuva casamento da viúva, vendo os machos estrebuchar no chão, depois da infeliz metidinha no ar, garantindo a continuidade da espécie. A gente fincava um palitinho na bunda delas, e as coitadas tentavam tudo o que podiam para voar, barulho de um motorzinho, batendo as asas desesperadamente, sem decolar do indiferente palito.

Foi então que aconteceu, em meio às pauladas nas vacas. Motivo eu não tinha nenhum. Ou tinha? Um imperdoável erro de pontaria. Meu. Sem quê nem pra quê, a pancada zuniu, sim, mas na cabeça dele. Zé Martin deu um salto de lado, instintivo. Acho que nem se feriu. Mas sei que doeu muito. Ou mais que muito. As vacas seguiam mansas seu vagar, bosteando a rua. Nem elas nem ninguém viu a bordoada que ele ganhou na moleira.

É isso. Só isso. Cena de um segundo. Que nunca mais se apagou. Meus braços perderam a força. Não por medo de reação do Zé. Ele era sem tino pra revidar pancada ou pedrada, cusparada, rasteira, bodocada. Mais que susto, meu coração batucou foi de dó, pois ele nem gritou. Seu jeito sonso e lerdo, oligozemartin, me doeu mais que sua dor. Intenção eu tinha? De tão perto, errar o quarto de trás da vaca? Mal, mal, ele pôs a mão na cabeça, depois cobriu-a com o braço, silencioso e desajeitado. Não me olhou com raiva. Chorou baixinho, choro conformado, umas poucas lágrimas enxugadas na manga suja da camisa.

Caminho continuado atrás das vacas, pedi desculpas, sem jeito e sem graça. Ele nada falou, parecia aceitar que o destino era o autor da porretada. Também não dava para alongar desculpas. Estávamos chegando, já perto de minha casa, meu irmão esperando na porta, bola na mão, mais dois ou três meninos.

Taí o caso, taí a bosta, das vacas ou da vida. Taí a lembrança de Naninha. Mas a cena não cessa de se repetir, embora só pra mim, único espectador, num incessante e indesejado *replay*. A me queimar sem cura. Hoje sei o que é o inferno de não esquecer.

Meus pais se mudaram para a capital. Muitos anos depois, a morte de um tio nos chamou de volta à rua de minha infância. No enterro, revisitei o cheiro do capim cidreira. Pedi notícias do Zé Martin. Reencontrei-o no boteco do Jacinto, também vizinho das peladas de rua, que nunca estudou nem foi trabalhar na cidade grande. O Zé era o mesmo, desajeitado, gordo de idade, cabelos picuim com fios grisalhos. Jacinto sussurrou: "Ele agora tá aposentado, por doença de nervo".

– E aí, Zé Martin, tudo bem?

Ele não me reconheceu. Mostrei onde era minha casa, falei o nome dos irmãos, da família.

– Minha cabeça é fraca pra lembrar – murmurou, esboçando um sorriso.

Mas tentou. O corpo parado, ele se movia no pensamento, num esforço incomum. Começou a piscar, em minúsculos sobressaltos da cabeça para um lado, o olho mirando o indefinido. De repente se acalmou, me encarou vitorioso:

– Docês eu lembro muito vago, certo mesmo eu lembro é da Naninha.

Senti uma paulada do Zé. Por que a Naninha e não eu, que brincava com ele de pique, de bola, de espetar bunda de tanajura? Disfarcei minha falta de graça:

– Uai, Zé, a Naninha?

Ele coçou o nariz com as costas da mão, fixando a

parede. A explicação foi curta:

– Só ela que não caçoava de mim.

Senti outra paulada. Eu e a meninada da rua nunca o víamos como um colega, um igual. Olhei de novo pra ele, como pela primeira vez. Sentado na cadeira desengonçada, rente à porta do bar, seu pé direito esbarrava na traseira do vira-latas que ali dormia, indolente, embalado pelo zunido de moscas. Continuei paralisado. Não foi para se vingar que ele me anulara, deixando só o nome da Naninha gravado na história daquela rua, daquele boteco. Nada comentei. Em meu embaraço, agarrei o Zé Martin pela imaginação e refiz com ele o caminho de nossos nove anos, o pastim, o rio, as vacas. Reconstruí a cena da dor, tentando mudá-la: "a porretada pegou foi na vaca, tenho certeza". Inútil, o acontecido voltava igualzinho. O Zé continuava ali no bar, oligotranquilo, nem feliz nem infeliz. Perguntei pro Jacinto:

– E a Naninha, você também se lembra dela?

– Lembro, sim, sei que ela foi pra São Paulo, trabalhava com o marido numa fábrica. Coitada, virou subversiva, ouvi dizer que foi presa, que os polícia machucaram ela muito na cadeia, ficou surda de um ouvido. Depois disso, mais notícia nenhuma.

Enquanto voltava pela antiga rua de barro, hoje escondida sob o asfalto, tentei molhar os pés nas poças d'água que minha lembrança não deixara secar. A cidade parecia estranha. Além do Zé, eu só entrevia o semblante de Naninha. Tentei repassar todos os quadrinhos de sua história, seu corpo atraente, seu humor rebelde, sua teimosia. Pude, então, vislumbrar seu sonho de construir um mundo diferente, menos injusto: *não é com dois esses, é com cê cedilha*. Mistura de saudade e tristeza pelo que não aprendi com ela.

Voltei para a casa do tio, nossa antiga morada. O quarto de empregada era um depósito de velharias. Naquela desordem, me lembrei da caixa de peroba rosa, em que Naninha guardava seus petrechos. Procurei com avidez, imaginando carretéis, tesourinha, terço, *rouge*, tudo já corroído. Em vão. Recordei o antigo barulhinho da máquina de costura, que pareceu me acalentar. Até fechei os olhos. Deus me perdoe, as pernas da Naninha emergiam pulsantes, ao som da costura.

E foi desse embalo que brotou a curiosidade, um pouco melancólica: qual seria mesmo o seu nome de batismo, de cartório, nome que, em sua infância pobre, foi se corrompendo lentamente em Naninha? Seria Mariana? Quem sabe Joana? Sebastiana? Me conformei: agora é tarde. E pra que saber? Bastava a lembrança, dela e do Zé Martin. Ou a lembrança da rua em que as vacas, distraídas, repartiam o cheiro de seus excrementos.

O trem

Final dos anos de 1950. Eram frias as noites no seminário. Frias as horas, frio o silêncio quase medieval, dezenas de crianças-adolescentes entrando naquele imenso dormitório. Para nós, que despertáramos às cinco da manhã, o cansaço era tanto que nem os temores da noite, da morte, do inferno, conseguiam nos provocar insônia. De uma coisa, no entanto, a gente desconfiava: a ameaça do fogo eterno era mais um expediente do diretor espiritual para baixar o facho de nossas tentações debaixo dos cobertores. Dentes escovados, cada qual fazendo a própria cama – já se havia rezado na capela, o jantar era sempre às seis, proibido conversar, todos se recolhendo, até que o bedel apagasse a luz. Cada vez menos ruídos. Era naqueles minutos próximos das nove, tempo longo separados de nossas famílias, a saudade adormecendo nossa fome, que o trem apitava lá no fundo da velha cidade.

Será que vou ter aqueles sonhos proibidos? Bem, se acontecer, não é minha culpa, é coisa da natureza lambuzando o pijama e colorindo o sonho. O que mais se prezava, naquela travessia do gozo, era a lembrança, quando a gente acordava, reconstruindo os detalhes do pecado involuntário.

– Pecado, não, meu filho, você só pecará *a posteriori*, se contar para algum colega, aquele risinho disfarçado, imagine o tanto de gente também a querer sonhar.

– Ainda bem, padre, não pequei. Não conto pra ninguém.

No outro dia, o verdadeiro pecado, este, sim, inevitável, não cumprir a promessa do silêncio. Mas como calar, se o relato minucioso a um ou dois colegas era o gostinho final do sonho obsceno? Naquele velho casarão, teias de aranha no teto, missa diária e casos apavorantes do demônio, o primeiro mandamento não era amar a Deus e ao próximo. Era não pecar contra a castidade.

– Nunca, mas nunca toque no seu corpo, meu filho, o maligno vive rondando.

Tempos depois, entendi por que se tomava banho em água fria. Aliás, nem havia chuveiros em espaços fechados. Um grande cano, furado a cada metro e meio, esguichava um gelado fio de água, castigo preventivo para o corpo sujeito à tentação. O banho era coletivo, mas nada de gente pelada, todo mundo de calção e sempre em silêncio.

Pois era para nos adormecer que a maria-fumaça uivava, recortando nosso desamparo infantojuvenil, os pensamentos reprimidos e traspassados pelo desejo daquele sonho, quanto mais proibido, melhor. Os apitos do trem sibilavam nostálgicos quando ele chegava à estação. Despejados passageiros e cargas, novo assovio, nova partida. Nos arredores, os mendigos não desembarcavam da pobreza crônica, apenas contemplavam os vagões se despedindo lentamente, depois aumentando a marcha até alcançar, já longe, a correria máxima de um trem a vapor. Alguns apitos ainda, o ruído cadenciado ia se perdendo escuro adentro, nos confins de montanhas, ali onde o ouvido nada mais alcançava. Hoje, nem consigo dar nome às emoções que aqueles sons provocavam. Era o trem e sua melodia, isso bastava. O trem nosso de cada noite.

Ano da graça de 2015. Hora e meia atrás, estava eu lendo, ao clarão de velas. A tempestade, ainda forte, apagara todas as luzes do bairro. Súbito, um ruído familiar, embora longínquo no tempo, veio chegando lá de fora.

Sem me dar conta, transportei-me, num segundo, aos escuros do grande dormitório e das tentações. Sim, era o ruído daquele trem. O quê? Mas não há trem nas redondezas, os prédios expulsaram, das almas e das vias, todos os trilhos e dormentes angústias. Alucinação? Que importa, eu já estava lá, na noite do seminário, o trem chacoalhando minhas indecisões entre a graça e o pecado. Fiquei desnorteado. O remédio foi abrir a janela, em pleno temporal, para desvendar aquele barulho. Respingado, espiei e escutei com apuro. Nada do que previ. Era a zoeira de um gerador de eletricidade, no vizinho laboratório de análises clínicas. Fechei a janela, desencantado.

Agora a luz voltou, também voltei à mesmice do computador, à frieza da razão. Uma coisa senti: como era gostoso o sacolejar do trem, sua passagem efêmera, aqueles segundos de desfrute e conflitos morais embaralhados. Naquele tempo, sabíamos que o apito remoto voltaria na noite seguinte. E o gerador de energia? Pobre engenhoca, seu alarido não sabe desenhar a solidão do maquinista, a dureza servil dos trilhos, as montanhas e suas perguntas a cada curva, a cada estação com os pobres que, Deus seja louvado, sempre teremos conosco.

No grande dormitório, viajávamos nas amarguras da maria-fumaça, rumo ao desconhecido da noite e de nosso destino eterno, no dia do juízo final. Tudo dependia de guardar ou não a pureza do corpo, de conter ou não o impulso de nossas mãos. Céu ou inferno à parte, era delicioso entregar-me aos embalos do trem, cada noite, toda noite, cada noite, toda noite. Agora, gerador de eletricidade, cá pra nós, não tem a cadência das fumaças, não dá apertos no coração. O ruído de seu motor, quem não sabe?, só irrita, só irrita, só irrita...

Poeira da chuva

Ele olhava pela janela. Foi lá para conversar com os pingos de chuva que começavam a cair, poucos e fortes. O cheiro de poeira subindo do chão trouxe uma deliciosa lembrança dos dias de menino, lá na roça, os pais empregados de uma fazenda. O aroma da terra, comparou, aquele de antigamente, era mais encorpado, entrava também pela pele, com os odores de mato trazidos pelo vento. As marcas do trabalho sofrido dos pais, tantas carências, rodeavam sua infância: estação das águas e céu nublado, o pai plantava milho e feijão, tirava leite, campeava animais, capinava roça e pasto. O menino ajudava desde cedo. A mãe, na cozinha, lavando e pendurando roupa no varal, remendando calças de marido e filho.

Esse filho é Nonato, que hoje, mais de sessenta anos depois, caminhou até a janela para embriagar-se na poeira da chuva. Não lhe era comum, já adulto, expor-se assim aos sons e odores da natureza, em meio a pensamentos sombrios. Austero consigo mesmo, proibia-se quaisquer devaneios, lazer ou diversões, na seca ou nas águas. Hoje, no entanto, haveria razão para isso, ele traçava um longo passeio pela história de sua vida. Desde jovem, dedicara-se ao ofício de sacristão, servindo nem tanto a Deus, mas aos vigários e seus caprichos. Sem ele, a missa não acontecia: arrumar o altar, bater o sino, a campainha, preparar o turíbulo com o incenso, abrir e fechar a igreja, acender e apagar luzes e velas, garantir a hóstia e o vinho, além de tantas tarefas miúdas que nem dá pra contar.

Na igreja, porém, os fiéis só enxergavam o padre que levantava a hóstia grande, ou as almas chorosas, em cantoria nos bancos ou na fila da comunhão. Mesmo presente o ano inteiro no palco da missa, Nonato era o ator menos visível. Silencioso, terno cinza desbotado, os olhos nunca totalmente abertos, como a lhe custar um esforço a mais para enxergar. O bigodinho era bem cuidado, sorriso que não se abria, como cabe a um bom subordinado. Voz mansa e quase sumida, passos lentos. Cumprindo, dia após dia, os mesmos gestos e ritmos, alguém poderia retratá-lo como um burocrata da fé.

Chegou a fazer, com louvor, os quatro anos da escola primária e o ginásio. Os pais haviam se mudado para a periferia da cidade, vivendo na escassez – servente de pedreiro e empregada doméstica. Nenhum sonho promissor para o filho, sempre calado e obediente. Pois foi o ofício de sacristão que, afinal, lhe caiu tão bem. Era frequentador assíduo das rezas na igreja. Aos dezessete anos, quando faleceu o antigo sacristão, o padre resolveu testá-lo nos arranjos da missa. Foi logo aprovado. Desde então, só se sabia dele que era solteiro – ninguém perguntava, nem mesmo ele, sobre sua orientação sexual – e zeloso funcionário da casa de Deus. Sem amigos, não se metia em assuntos de futebol, mulheres, brutalidades da polícia, corrupção do prefeito, escapadelas noturnas do vigário. Pra que discutir ou futricar? Todo acontecimento é parte dos planos divinos, basta observá-los de longe e tocar a vida.

Nonato era, no entanto, portador de uma alegria não revelada. Estava onde queria estar. Seu copo não era meio vazio, era quase todo cheio de satisfação íntima. Ao abrir e fechar a igreja, tinha um prazer secreto: ser quase o dono das chaves, mas não de um imóvel qualquer. Certa feita, por mero agrado, uma freira disse que ele tinha as chaves da casa do Senhor. E completou, teatralmente: as chaves do Reino. Foi o suficiente para ele fantasiar que eram as mesmas de São Pedro. Que tinha um poder quase sem limites, poder reservado só aos eleitos de Deus Pai. Isso bastava para ele nunca tirar férias, ano após ano, até esse dia em que se chegou à janela, atraído pela poeira dos pingos de chuva. Ali ficou por muito mais tempo que sua rigidez permitia. E com razão. O antigo vigário caiu doente e se licenciou. O pároco que o substituiu, jovem e dinâmico, ares de administrador, logo anunciou mudanças na gestão da paróquia. Não deu outra. Dias depois, chamou Nonato para uma conversa. Sem muita cerimônia, sem delicadeza, e sem uma conversa prévia, comunicou que ele estava demitido.

– Você já deve estar cansado, anos e anos de trabalho tão devotado, disse sem mesmo fitá-lo nos olhos. Mas esteja tranquilo, sua aposentadoria já foi providenciada.

O choque interno do menino da roça foi tão intenso quanto mudo. Não era de se exaltar, apenas o coração e a respiração, em súbito abalo, estremeceram por dentro. Não discutiu, não retrucou que ainda podia trabalhar por muitos anos.

Agora, à janela, a chuva caindo mais forte, via rolar o filme do próprio ofício de existir. Na cena quase final, as chaves e o Reino lhe eram impiedosamente retirados. Ele não sabia o que era chorar, nunca se permitira. Só não pôde evitar alguns suspiros. Voltou à cozinha, tomar um copo d'água.

Na semana seguinte, missa de domingo, igreja cheia, o novo sacristão mostrava toda a falta de habilidade, aos olhos do vigário insatisfeito e do povo. Mas especialmente aos olhos de Nonato, anônimo, como lhe convinha, na última fileira dos bancos. Com pesar, decidiu ir à missa apenas aos domingos, pois o vigário poderia suspeitar que estivesse bisbilhotando as trapalhadas do substituto.

A janela continuou sendo o lugar de encontros de Nonato com a saudade da sacristia, do sino, do turíbulo exalando incenso, o que era cada dia mais difícil de suportar. Aos poucos, foi parando de se alimentar, o médico diagnosticou quadro profundo de melancolia. Seis meses depois, foi enterrado no cemitério dos pobres, na periferia da cidade, bem longe da igreja e de suas chaves.

À luz de velas

Naqueles anos trinta e naquela pequena cidade do interior, respirava-se um clima de estranhezas vindas do outro mundo. Almas de mortos conhecidos voltavam à cena, eram o boato maior nas casas e ruas. Podia ser o espectro da benzedeira que morreu de febre amarela e regressava com um ramo de água benta, aspergindo os doentes indefesos; do padeiro que teve um infarto letal nos braços da amante e, todo ano, na véspera de finados, vagava pelas ruas escuras, implorando perdão à cidade; do menino que sumiu afogado no rio e agora, tempo da seca, perambulava em suas margens. A cada semana outro caso, outro rumor. Os vultos só se mostravam à noite. Não se sabia quem os tinha visto, para provar as aparições, mas o zum-zum e a engenhosa imaginação garantiam a veracidade dos relatos. Na igreja, o povo rezava para os defuntos antigos e recentes, mais por medo, não tanto para desejar-lhes bom descanso lá no outro lado. Em conversas nos botecos ou no alpendre das casas, os mundos do aquém e do além se misturavam. Às vezes eram risos, às vezes pavor, que temperavam a ameaça de um fantasma a despontar do nada, atravessando paredes e portas fechadas. E qual entidade tenebrosa fazia mesas e cadeiras começarem a tremer, como num terremoto? Ou como explicar o bater estrondoso de janelas cuidadosamente fechadas?

Era frequente, quase rotina, o sobrenatural acenar com uma novidade. Só não era motivo de espanto o fato de que a maioria da população era pobre e semianalfabeta. Na falta de pão e de livro, o circo do disse me disse se encarregava de inventar assombrações em prosa e verso. E por que contestá-las? Afinal, são criaturas que Deus pôs e tirou deste mundo.

Em meio à crendice geral, Nonô foi uma exceção. Filho de pequeno comerciante local, depois da escola primária, foi estudar numa cidade próxima, onde poderia frequentar o ginásio. No entanto, mesmo mergulhando na modernidade dessa comarca, não conseguia livrar-se totalmente das fantasias dos parentes e amigos. Com mesada parca, alugou um quarto numa casa modesta: cama, mesa e cadeira, um guarda-roupa de duas portas, suficiente para abrigar tudo o que tinha levado. O único par de sapatos e os chinelos dormiam debaixo da cama. Ah, sim, havia também uma caixa de velas para ele estudar à noite, pois era frequente o apagão das luzes na cidade. Nonô era o tipo de aluno dedicado, dia e noite conversando com os livros, não deixava para trás dever algum de casa. Também rezava, antes de se deitar, modo de acalmar o receio das sombras noturnas.

Era uma sexta-feira; mais uma vez, a luz da cidade foi embora. Ele não teve alternativa, senão acender duas velas para terminar as lições do dia seguinte. Silêncio total no quarto e na casa inteira. O quase escuro do ambiente fez acelerar sua respiração, cutucando suas entranhas. O inominável podia estar rodeando. Nonô tentou concentrar-se no exercício de matemática e chegou mesmo a considerar, sem muita convicção, que corpos transparentes eram superstições dos rudes conterrâneos; afinal, ele já era um jovem esclarecido.

E assim foi, a caneta escrevia, somava e multiplicava, com o leve temor que ele buscava negar. Na tarefa seguinte, ele apenas lia, desta vez um texto de história antiga, faraós e suas múmias enroladas em lençóis. Nenhum barulho no ar. Nenhum? Nonô apurou os ouvidos. Um ruído muito leve, intermitente, ciciava no chão do quarto. Ele prestou ainda mais atenção no ambiente. Sonido leve, sim, mas real. De início, teve medo de olhar. O barulhinho insistia, lento. Seu coração começou a bater mais forte. Cobrou de si mesmo a devida coragem, era preciso enfrentar a estranha presença. A claridade era pouca, mas ele firmou o olhar ao redor. Primeiro nas paredes, depois no chão. De imediato, não acreditou. Olhou fixamente, mais uma vez. Pura verdade: um dos chinelos estava se dirigindo, sozinho e lentamente, em direção a ele. Seus pelos se eriçaram. Ele não podia acreditar numa alma só visível em seu mover-se, montada num pedaço de couro. O sobressalto, porém, já era de horror. O chinelo continuava a se deslocar, miudinho, movido pelo pé incorpóreo.

Nonô precisava tomar uma decisão. Refez-se, sem outra escolha, numa coragem de vida ou morte, para enfrentar a aterradora criatura. Pegou uma das velas, levou-a bem perto do chinelo, que parou. Isso lhe deu mais ousadia. Se a alma quisesse manifestar-se, que o fizesse ali, naquele instante. Nada. Então, jovem destemido é assim, na base da bordoada. E lá vai, olhos bem fechados, um chute atrevido no chinelo e na assombração. Ainda tremendo muito, abriu os olhos. Ressabiado, sondou de novo o assoalho. A medonha ameaça ali estava, indiferente e calma: um enorme besouro, que não precisava mais arrastar-se sob o peso do chinelo.

Respirando fundo, só então Nonô percebeu um calor entre as pernas. Sim, rapaz valente também mija nas calças, quem *havera* de negar?

O velório

Nota preliminar: a história que se segue é conhecida e tem diferentes versões. No entanto, convém explicar: outras pessoas que a escreveram careciam de informações mais fundamentadas. A variante aqui lavrada, segundo testemunhos de um caçador e um pescador, é a única que merece credibilidade.

João Rufino morreu antes da hora. Melhor, morreu como um passarinho. Sim, ele e o Osório tinham ido caçar, coisa que faziam desde muitos anos, em fins de semana. Acontece que o Osório, ultimamente, estava enxergando muito mal. Pé ante pé, divisou o vulto de um grande macuco, dez metros à frente, entre sombras de ramos e árvores baixas. Foi um tiro só. "Rufino, vem ver, matei um macuco, dos grande". Rufino simplesmente não respondeu.

Naquela cidadezinha de interior, tempos idos, o morto era velado em sua própria casa. Vizinhos, não vizinhos e parentes jamais deixavam a família só. Começaram a chegar, ao cair da tarde, e iriam varar a noite, junto à viúva do Rufino, Dona Lili, no vigor dos quarenta e poucos anos, cercada de uma penca de filhos. Mais gente aparecendo, ela já havia chorado muito, agora continuava em pranto mais leve. E passaria toda a noite, com irmãs, primas e comadres, servindo café e bolo às visitas que prestariam o último adeus ao infeliz caçador que se fez macuco.

O pranto é um ingrediente natural do velório. E, mesmo sem as carpideiras oficiais, algumas comadres cumpriam sobejamente bem esse papel. Todos sabiam, no entanto – era uma tradição –, que a solidariedade ao morto, além do bolo e café, era chorada também, com o devido recato, à base de cerveja e cachaça. Beber, sabe-se muito bem, não denotava falta de respeito, era parte do ritual. Tudo às claras, à frente da viúva, que, lá pelas tantas, também acedeu ao convite para provar, num cômodo retirado da sala, uma dose da boa pinga, para não resfriar – conselho do João da Iaiá, o compadre que nutria inconfessável zelo por ela. Não se negue que, em certos momentos, já noite alta, o ambiente era temperado de piadas e risos comedidos. Nem é bom relatar aqui, mas também ocorriam confabulações à boca pequena. Que nos digam o João da Iaiá e o Alfeu:

– Oi, compadre, não acha que é muito cedo pra Dona Lili enviuvar? Deus me perdoe, mas ela ainda tá muito vistosa, num acha?

– Morena sacudida, compadre, com todo respeito, mas ela dá ainda uma meia-sola e tanto.

– Reza, compadre, pro Rufino ganhar o céu depressa. E tira esse mau pensamento da cabeça.

Estava perto de raiar a madrugada. Ainda era preciso beber em honra ao falecido. Mas a cerveja e a cachaça já lhe tinham prestado tanto louvor que as garrafas se esvaziaram. Os botecos da cidade fechados, alguém teve a ideia de acionar o Moreira, ali presente, dono de uma venda bem sortida em destilados e fermentados.

– Uai, gente, vamos fazer uma vaquinha, o Moreira tá aqui e pode fazer o obséquio de abrir o estabelecimento fora do horário.

Fez-se um zum-zum de aprovação, e alguém já começou a passar o chapéu. Choveram notas e moedas de pouco valor, mas com a boa vontade de todos a coleta foi suficiente para a continuidade das lágrimas tão sinceras.

O pequeno rebuliço chamou a atenção de Dona Lili. Solidária como sempre, aproximou-se do grupo, dizendo que também ia cooperar:

– Só um momento, vou buscar uns trocados lá no meu quarto.

De imediato, o Nozinho, falastrão de primeira, entrou com sua verve de justiça distributiva.

– Alto lá, a senhora não, abriu os braços em protestos dirigidos a Dona Lili.

Ela não entendeu, muito menos os demais compadres e comadres, ansiosos para ouvir a explicação. O Nozinho insistiu:

– A senhora não, Dona Lili. Cada um aqui tá entrando com o que pode, modo de continuar a cerimônia, que é um dever cristão. Mas a senhora, de jeito nenhum, já contribuiu.

Silêncio total, os olhares ainda mais curiosos voltados para ele.

Nozinho teve uma centelha de embaraço, seriam suas palavras inoportunas? Mas não tinha como se desdizer. E foi meio encabulado que concluiu, agora sem tanto alarde:

– Uai, Dona Lili, a senhora... a senhora já entrou com o defunto.

PARTE II

Rua do Pilar

Estudante de engenharia, vinte e dois anos, negro, do Norte de Minas. Sustentava-me com aulas particulares de matemática. Meus alunos eram filhos da elite de Ouro Preto. Difícil suportar o frio da cidade no inverno. Um dia, ganhei uma grossa blusa de lã usada, a mãe agradecia, livrei a filha de repetir o terceiro ano ginasial.

Morava na República Repouso dos Anjos, na Rua do Pilar. Uma quinzena de estudantes no casarão colonial, grana pouca, saudade da família e amigos de nossas terras de origem. Nos feriados, Ouro Preto era uma festa, sempre hospedávamos casais de namorados, professoras primárias, bancárias, colegiais de Minas e outros estados. Apesar de negro – não por acaso me apelidaram Tiziu –, eu era admirado quando pegava o violão, nas noites em que as visitantes brancas, no chão da grande sala, se assentavam em roda com os colegas brancos, cantando, bebendo e se agarrando. Se meus acordes animavam a cantoria, eu restava sozinho. Aluno brilhante da Escola de Minas, fama de competente professor particular, também ganhava quase todas no xadrez. Mas continuava só. A pele me devolvia à senzala, na festiva casa-grande universitária.

Guardo até hoje a foto, mais de cinquenta anos envelhecida, com poucos vestígios do que aconteceu. Foi clicada no dia seguinte, Sábado de Aleluia, vinte e oito de março, vésperas do golpe militar. Chegou pelo correio, uns quinze dias depois. No verso, as palavras hoje quase apagadas: *Semana Santa de 1964*. Nem o próprio nome ela colocou. Muito menos o meu, impossível. Também pudera, pais católicos, de sangue europeu, pediriam satisfações. Que foto é essa, ah, estudante de engenharia?

Mesmo que não perguntassem diretamente, as indagações engolidas a seco estariam prontinhas: mas logo um negro, não seria mau aluno? E se for comunista? A tia, tão zelosa, em tempo algum admitiria um "homem de cor" na família. E o que diria o irmão, ao saber que ela ficara sozinha comigo naquela casa, quando toda a turma tinha saído para um aniversário, em outra república? Mesmo a irmã, postura moderninha, jamais pensaria que pudéssemos ter ficado a sós, ela me contando desilusões amorosas, cerveja após cerveja, já assentada juntinho, depois começando a choramingar, que eu a consolasse, sem me perceber desnorteado, que o abraço veio, que ela disse nunca ter visto um cara tão diferente, que o beijo veio, eu não acreditando naquela cena, ela abrindo a blusa, os seios se oferecendo, enfiando a mão com força em meu peito, depois em minhas calças, nossa música entoada em gemidos primitivos, eu transpondo os umbrais daquele corpo branco, os sinos de todas as igrejas começando a repicar a ressurreição de um estudante negro, em plena noite da Sexta-feira da Paixão.

Foi no dia seguinte, ao se despedir, que ela fez a foto de minha timidez, de meus cabelos picuim mal cortados, de minha pele que ela confessou amar e querer roçar morder cheirar esfregar pelo resto da vida. E chorou. Não mandou uma segunda carta, nunca mais voltou a Ouro Preto. Na Semana Santa de 1965, clima de medo, dois colegas de república presos pela ditadura, eu continuava as aulas particulares, o dedilhado do violão sempre ressoando elogios. Fui o melhor aluno da turma, quando me formei. Ao receber o diploma, o auditório inteiro aplaudiu, não sei se por admiração ou por espanto, mas como, um negro em primeiro lugar? Naquele dia, ainda estava sozinho.

Até hoje, no silêncio das noites frias, costumo visitar a foto amarelada. Inútil saudade. Releio a data no verso, inventando ali o texto que ela jamais escreveu. A outra foto, documento oficial da formatura, nem sei onde foi parar.

Euclides

Os pais desconfiaram. Ele não reagia aos chamados, a ruídos. Os meses passando, não brincava com a própria voz nem ensaiava um tiquinho que fosse de palavras, *mamã*, *papá*, o teimoso *nãão*. A minúscula cidade de Riacho do Colibri, meados do século passado, quão longe estava do teste da orelhinha, dos possíveis tratamentos e da educação especial para crianças surdas. A tristeza resignada dos pais não buscou tratamento nem amaldiçoou o destino: nasceu assim, que assim seja!

Sem falar, Euclides não frequentava a escola e crescia quase isolado. Continuaria à margem, vida afora, se o pai, único barbeiro do lugar, não o iniciasse no próprio ofício. Talentoso aprendiz, o filho não tardaria a tomar a clientela do genitor, que, já cansado da tesoura, foi cuidar de umas vaquinhas num sítio retirado da cidade. Gostou tanto que de lá nunca mais voltou. Euclides estava chegando aos vinte anos. A barbearia compunha a paisagem da praça principal. Os clientes elogiavam a destreza do – não havia outro nome – do "mudinho":

– Tô indo fazer cabelo e barba, o Mudinho se saiu melhor que o pai.

– Hora de cortar o cabelo, meu filho, toma o dinheiro e vai logo no Mudinho.

Simpático, um filete de sorriso sob o bigode, tudo o que ele falava para o freguês era um "pá-pá-pá" baixinho, pausado, que a inteligência dos gestos completava quase por inteiro. O ofício salvou-o do ostracismo, mas não logrou atrair o olhar das meninas-moças: quero não, marido surdo e mudo dá azar, esconjuro!

Horas de folga, Euclides sentava-se à porta da barbearia, seu dom de observar tecia histórias de todas as coisas que via na praça, fosse gente, passarinho, tempestade ou escuridão. Figurava, no detalhe, cada transeunte que percorria a feirinha de frutas e verduras, o armazém, a sapataria, farmácia, igreja, cartório. Sua imaginação ficcional desenhava os dramas e prazeres do fazendeiro a cavalo, da costureira apressada, do cachaceiro conversador, da beata arrogante e até do cachorro manco de nascença, ele também filho de Deus. De resto, lamuriava as donzelas que desfilavam ao largo, sabia-se descartado por elas, fígaro sem bodas, naquele confim de mundo.

A única mulher que ele conhecia de perto era Catarina, vizinha e cabeleireira nas horas vagas. Ela morava só com a mãe, Dona Geninha. Desde que o pai zarpou para a roça, todo mês Euclides batia à sua porta, desta vez era ela a manejar tesoura e pente. Um cômodo contíguo à sala simples, sofá rústico, rádio sobre a mesinha, eis o "salão de beleza" para o único cliente varão, cortesia que ninguém há de maldar, o que custa à vizinha essa caridade ao pobre rapaz privado da barulheira deste mundo tão mau? Ela era mais velha que o Mudinho, nunca teve namorado, retraída, de pouca fala, personagem anônima no Riacho. Sobre seu feitio reservado, Euclides se intrigava: por que fala tão pouco, se Deus lhe deu, sem reservas, o que impiedosamente me negou?

A cada mês, apenas olhares e cumprimentos lacônicos, ele sentado num tamborete e ela, ao lado, caprichando no corte:

– Assim tá bom, Euclides? Veja no espelho.

– Pá-pá-pá..., e os gestos completavam: "isso mesmo, Catarina, você é muito caprichosa".

Se nossa curiosidade enxerida quiser adiantar-se aos fatos, terá ela toda razão. Pois cada ida mensal às tesouradas dava novo sabor aos rápidos olhares e gestos, alastrando as faíscas do instinto que emaranha homem e mulher, não é pra isso que a natureza foi feita? Todo mês, ela aguardava ansiosa aquela tardinha, hora de abrir a porta. E ele, rogando aos dias: favor, passem mais ligeiros. Embora Catarina só tivesse a escola primária, não custa conceder-lhe um pouco de erudição, na prosa muda entretida com Euclides:

– Sabe, vizinho, alguns filósofos dizem que a linguagem é a morada do ser. Ora, sem o dom da palavra, esta que nos distingue dos bichos, será mesmo que você "é", que você existe?

– Você não sabe, Catarina, que a linguagem e o próprio ser estão além e aquém das palavras?

– Interessante resposta, vizinho, mas me explique isso melhor.

– Não se apresse, o tempo, guardião da curiosidade, ainda vai nos responder.

Pois foi no dia de mais uma tosa que o tempo da epifania se anunciou. Tudo estaria preparado, no mutismo dos dois. Euclides ousou o que até então apenas desejara: reparou, sem pudor, a saia quase transparente de Catarina, um suave estampado, bastou um empurrãozinho da imaginação para salivar a escultura de suas coxas. Um olhar sedento foi trocado, antes mesmo da primeira tesourada. Proceda, Euclides, não vê que estou ocupada?, mentia ela para si mesma. Daí a pouco, outro olhar insistente:

– Qual é mesmo sua linguagem, vizinho?, inquiria o corpo irrequieto de Catarina.

A tesoura trabalhava devagar, ela se chegando mais, por força do ofício, claro. Ao terceiro olhar, agora ainda mais longo, a mão direita de Euclides já se infiltrava sorrateira entre as pernas ofegantes da vizinha, a esquerda ensaiando enlaçar-lhe os quadris. A tesoura cada vez mais lenta. A mão falante continuava serpenteando, suave e decidida, em peregrinação à sonhada paragem:

– Não carecemos de palavras, vizinha, suas coxas já

conversam com minha mão, prendendo-a, deixando-a avançar, num calor que nunca senti, o seu licor já unge meus dedos.

– Meu corpo é só aflição, vizinho, você dedilhando em mim tão abrasante poema.

Ante a vertigem, Catarina foi se curvando morosamente, abraçava a cabeça e o pescoço de Euclides, tesoura e pente despencando, os corpos se contorcendo, beijos, líquidos e suores em espasmos, urros que palavra nenhuma saberia traduzir. A porta do cômodo fechada às pressas, o rústico sofá teve nova e desregrada serventia.

As carícias já vogavam em águas calmas, os muxoxos provando que o amor dispensa qualquer letra de alfabeto. Seus olhares prosseguiam numa repousante prosa, até Catarina se dar conta: Dona Geninha tinha ido à reza, na capela, já fazia uma boa hora. Sorriu para Euclides:

– Voltemos à tesoura, vizinho, que seja só no faz de conta. Afinal, desconfiança de mãe nunca se sabe a que horas volta pra casa.

A nota fiscal

Coração disparado, passei a mão na camiseta. Estava transpirando.

– Seu nome, vagabundo.

– Rodolfo de Alcântara.

– Escolaridade, se entende o que é isso. Tem algum estudo?

– Curso médio completo, senhor delegado. Sempre me interessei por literatura, elogiado pelos mestres por falar e escrever bem. Aliás, isso eu esmero em conservar até hoje.

– Responde só o que eu perguntar, vem com esse papo de fresco não.

– Senhor...

– Sua profissão, se é que já não tá desempregado, depois do que aconteceu.

– Sou vendedor, o senhor sabe, de uma conceituada loja de acabamentos de construção. Meu ofício exige a arte de bem acolher o cliente, sugerir o produto mais talhado para a sua ilusão de rimar ambiente da casa com felicidade.

– Eita palavrório de boiola! Você é acusado de só atender mulheres, seu panaca. Tá querendo passar todas no papo? Ou então, sei não, esse jeitinho delicado, até parece uma...

– Peço que me dê respeito, senhor. Entenda que procuro ser pragmático, como vendedor. É a clientela feminina que, de hábito, tem a palavra final, na escolha dos objetos de decoração: peças para piso, banheiro, copa, cozinha. Desculpe acrescentar, sou contra preconceitos de gênero, raça, religião, sempre a favor das minorias, dos direitos e da igualdade social.

– Além de viado, é comunista. Olha aqui, seu frouxo, você é acusado de assediar uma cliente, no último sábado. Hum!... até duvido! Vamo, confessa logo.

– Suponho, senhor, tratar-se da cliente que atendi nas últimas semanas. Sábado, pela terceira vez, ela foi à loja. Jovem senhora, jornalista, gosto refinado, casada com um empresário de renome no mercado editorial.

– Merda, já falei, chega de detalhes idiotas! Continua, seu baitola.

– Quando ela chegou à loja, senhor, cumprimentamo-nos já como bons conhecidos, a discrição costumeira, de lado e outro. Eu, cansado da semana, sonhava evadir-me para um improvável recanto nas montanhas, florestas, lagos. Moro com minha esposa num apartamento pouco arejado, só quarto e sala. A conversa com a cliente foi estritamente profissional, últimos ornamentos para cozinha e banho. Ela sempre séria, eu sempre solícito.

– Sem rodeios, porra. Só quero a verdade do que aconteceu.

– Tudo o que lhe digo, senhor, é rigorosamente importante para que se entenda o ocorrido e a falsa acusação levantada contra mim. Aprendi, lendo os clássicos da literatura, que Deus ou a verdade estão no detalhe.

– Chega de viadagem, caralho, desembucha logo. Ou mando te prender aqui de uma vez.

– Estou contando o que houve, senhor. Tínhamos acertado os itens finais da compra. Confesso que aí relaxei, era a última venda da semana, adeus trabalho, senti que podia tirar a máscara do ator-vendedor. Talvez por isso, sem premeditar, me surpreendi observando a mulher, não mais a cliente, do outro lado da mesa. Que era linda, já havia reparado. No entanto, minha ética de vendedor proibia perder-me em seus olhos negros, lábios finos de agressiva sensualidade. Seu jeito de falar era expansivo, ela gesticulava com mãos, ombros e rosto. Os cabelos escuros e lisos desciam até abaixo dos ombros, dançando em torno do colo, ah!, aquele colo, senhor, ela usava uma blusa bege, um decote discreto, mas suficiente para expor o sulco entre os seios quase obscenos.

– Tá ficando interessante. Então conta logo, otário. Agarrou ela? Virou macho? Quero a verdade.

– Repito, senhor, a verdade se revela nos pormenores. Juro que, ante tanta formosura, esforcei-me por manter o recato. Meu desejo, porém, arriscava olhadelas pelo vale entre os graciosos montes, estes sim, do mais fino acabamento.

– Chega logo nos finalmente, panaca. E depois, pegou ela?

– Agora vem o momento crucial, senhor. Ela falava com o corpo inteiro. E, num movimento maior de rosto e ombros, uma fina ponta de seus cabelos veio alojar-se justo em seu decote. Confesso que foi imediato: imaginei-me no lugar daquela ousada mecha. Ela era eu. Ou eu, ela. Me vi deslizando por aquele abismo entre os peitinhos, devassando curvas, rasos e fundos. Acho que alucinei, senhor, senti as luzes se apagando, só nós dois na penumbra da imensa loja. Ao fundo, uma orquestra e um coro retumbavam o *Aleluia* de Händel. Ela fechando os olhos devagarinho, respiração ofegante, e eu, serpente resvalando em seus suores, preparava o bote fatal.

– Vamo, cacete, conta logo o final, e aí, comeu?

– Só voltei a mim, senhor, quando ela falou com voz firme: “Seu Rodolfo, posso assinar a nota fiscal?”. Então reparei: todas as luzes estavam acesas, nenhuma orquestra ao redor, a mecha atrevida voltara ao seu lugar. Eis a verdade, senhor. Se quer um crime, este não passou de um devaneio de segundos, sem vítima, sem violência, sem um mínimo gesto a me inculpar por assédio.

– Enrolou, enrolou e não chegou lá. É bicha mesmo. E,

pra deixar de ser besta, tá preso.

– Mas, senhor, não há materialidade no devaneio, para ser crime...

Minha fala amedrontada foi se desfazendo, enquanto um delicioso e familiar aroma invadia aquela sala de horrores.

– Rodolfo... acorda, o café tá na mesa. Ligaram da firma, reunião hoje de manhã.

Coração disparado, passei a mão na camiseta. Estava ensopada.

Porte des Lilas

Por ternura também se mata. Era o filme de René Clair, mais um clássico do cinema francês, para se apreciar a dois. Diante da tevê, Nívia e Simão, sempre juntinhos, sempre aos sábados e a sós – aos sábados, o resto do mundo não existia além deles. Depois do filme, a discussão dos momentos marcantes, mania de aspirantes a cinéfilos. Ou nem tanto. Menos que amor à sétima arte, repassar as cenas era o sutil pretexto para, na embriaguez do encantamento, cada qual se mirar no espelho do outro, enquanto havia um resto de vinho a aquecer entranhas e emoções, até que toda palavra cessasse, restando aos corpos não mais que padecer de paixão, desaparecendo vorazmente um no outro.

Naquela noite, porém, Nívia deixara escapar leve feição de apagamento. Nem se discutiram as "cenas inesquecíveis". Tudo se resumiu à pergunta de Simão: "Não achou forçada a tradução do título? O original, *Porte des Lilas*, é mais neutro, não dá a dica do desfecho". A dica? Nívia despistou com um lacônico "huum... nem pensei nisso". No entanto, foi o título que a excitara intimamente: mas como, matar por ternura? Ela tivera um desassossego, nas cenas finais, ao flagrar-se apoiando o personagem solteirão e boêmio que, em nome da ternura, chegou àquele gesto extremo.

Pela primeira vez, sábado após sábado, filme após filme e discussões inflamadas, regadas a sarros e sussurros, faltaria o final feliz, na cama ou ali mesmo, no sofá. Como sem perceber, a mão de Nívia buscou, dentro da bolsa em tecido cru, a pequena agenda colorida. Agenda especial, também comprada em manhã de sábado, a papelaria pareceu iluminar-se com a entrada dos dois, braços dados, risos em surdina, acendendo os desejos engavetados da mocinha do caixa que já adivinhava, naquelas carícias discretas, mais um fim de semana que nem me conte, ah!, quem dera fosse comigo.

A agenda tinha um destino especial: seria um livrete-memorial, inscrição perene dos instantes vividos em comum, mais intensos que o simples lazer, pois lazer se aproveita e pronto, não reclama registro. Nívia ali anotaria passeios, concertos, visitas a amigos felizes ou infelizes, acontecimentos que, dia após dia, comporiam a narrativa do romance, dir-se-ia eterno, dos dois. Mas eram os filmes, estes sim, que ela anotava com apreço especial. Toda semana era mais um, escolhido a dedo, a ser visto de mãos dadas, em sessão privada, quase sempre suspensa brevemente por um chega mais pra cá dos abraços, chega mais um beijo, carícias tantas que, às vezes, o chega mais interrompia totalmente a sessão.

Até aquele sábado, a agenda já estava preenchida pela metade ou um pouco mais. Ao longo dos meses ela se esgotaria, pediria uma segunda, uma terceira, não, uma vigésima, talvez uma centésima agenda, pois amantes que se prezam terão cenas e filmes a preencher até o fim dos tempos.

Por ternura também... Nívia buscou de novo a agenda, na bolsa pintada a mão. Nem se dava conta do que fazia. Apenas sentiu um fio de estranhamento. Sim, o título do filme era o empurrão que faltava para justificar mais um destino da ternura. Simão notou-a distraída, mas não deu importância, a mão na bolsa estaria procurando um pente, um produto de maquiagem, esses objetos de intimidade que, para a mulher, são mais urgentes que um embate de ideias desenroladas num filme. Isso ele deduziu calado, sem se dar conta do juízo preconceituoso, machista. Ou ele mesmo forjou tal explicação para repelir a pontinha de desconfiança que o roçou, num piscar? Não, isso jamais, nunca duvidarei do devotamento que Nívia me consagra. Voltou à pergunta, já sem tanta convicção: "Então, não é forçada a tradução do título?". E arrematou para si mesmo: "Que deixassem o *Porte des Lilas*, teria mais charme".

Naquela noite, as mãos já não se apertavam como antes, os beijos, raros, tinham menos sabor, ainda não chegavam a mero ritual, mas ela já não estava tão encostadinha nele.

Mais um sábado e um filme. Confiante como sempre, Simão quis conferir a pequena agenda colorida, folhear as últimas lembranças a dois, pois são as lembranças que sustentam os caminhos do coração, sim, caminho existe é de hoje pra trás, filmes e rotas do amanhã só mesmo na agenda de Deus, se agenda ele tiver. "Mas como, não trouxe?" Pois é, pela primeira vez, Nívia esquecera o precioso livrete em casa. Pelo menos disse que. Ele, pouco atento a certos detalhes, deu-se por satisfeito. Ou quase, pois a agenda, até então, era o objeto mágico a atar os dois.

Sábado seguinte, a mesma coisa. Nesse dia, Simão esboçou, ainda que só pra ele, que só de leve, outro grãozinho de desconfiança. Deixou pra lá, mais uma vez. Nívia, disfarçando a tensão, aguardava que alguma pergunta brotasse. Não iria confessar que seu ofício de anotar passeios, concertos e filmes já era página virada. Nem explicar os repetidos esquecimentos da agenda. Mas como dar o passo, como revelar o destino de sua ternura?

Esse dia chegou. Aconteceu a última sessão.

Um sábado e um filme, agora assistido burocraticamente a dois, apenas uma ou outra carícia morna. Simão ainda não tivera a coragem de encarar sua suspeita. Homem careta, dizem, não sabe ler pormenores. Ou não quer ler porque vai doer? Bastaria reparar no olhar de Nívia, sem aquela umidade lasciva de outros tempos, que dispensa dizer aonde desaguava. Hoje, olhar apenas vago, as mãos se tocando por obrigação, cadê as flamas de afeto que ouriçavam todos os pelos do corpo? Cadê, acima de tudo, a agenda?

Foi no final da sessão que ela apareceu. Simão ficou confuso, entre a esperança e, quem sabe?, perguntas indesejadas começaram a saltar, encadeadas. Teria sido um descuido de Nívia? Ou de propósito? Surpresa que só mulher sabe maquinar? Ou um gesto de, ele titubeou, soletrando em pensamento, um gesto de, vamos lá, cara!, um gesto de... de ternura? Mas ternura como? Um objeto assim, perdido, sem mais nem menos?

Pois lá estava a agenda, no canto do sofá, sem ser anunciada, junto à bolsa de Nívia, que nada comentou, nada folheou. Simão teve mais que um pressentimento. E a luz indesejada se fez. Fingindo indiferença, sem nada comentar, pegou lentamente o objeto de tantas lembranças. Nívia estava quase aliviada, olhando-o de través, em silêncio, uff!, afinal ele viu. Direi que ela caiu, por acaso, de minha bolsa. Mas não teve fôlego para ficar na sala, desculpou-se, ia levar garrafa e copos vazios para a cozinha.

Ela cometera seu crime. Mas é crime usar assim a ternura? Não, tudo o que fiz foi mudar uma palavra, apenas uma. Sem se olharem, Simão voltou no tempo e aos pormenores que tanto desdenhara, pois tudo ia tão bem, como não? Ainda não abrira a agenda, mas já adivinhava que a lista dos filmes se interrompera naquele sábado. Abriu. Maiúsculas góticas estampavam PORTE DES LILAS. Na linha de baixo, em minúsculas quase ilegíveis, a tradução do título. Mas a tradução não é... Num segundo, logrou recuperar o filme real daquela desditosa noite com Nívia. Homem é assim mesmo desatento? Pois ele de nada duvidara, bem, de quase nada, no sábado que lhe abrira a *Porte des Lilas*, sem abrir seus olhos. Ora, por que, então, precisou perguntar a Nívia "você me ama?". E por que a resposta dela, um escorregadio "claro que sim", sem a cumplicidade dos olhos nos olhos, sem o lento fluir da cabeça se aconchegando em seu peito? Simão nem precisaria ter folheado a agenda. A resposta evasiva de Nívia voltou-lhe à lembrança como uma imagem em primeiro plano, aquele close que preenche a tela inteira do cinema e da vida. Agora, entreaberta, a agenda perdia as cores, ele sabia que Nívia fingia-se ocupada na cozinha, esperando-o ler a verdade da tradução. Pois leu mais uma vez, já empalidecido. Não ousou olhar para Nívia, que voltava para a sala, em arredio silêncio. Deixou a agenda desabar sobre o sofá. "Você me ama?" Nem perguntou, ela não teria o que explicar. Ele apenas aceitou. Entendera, finalmente, a outra face da ternura, nas minúsculas encolhidas sob as maiúsculas góticas: *Por ternura também se mente.*

Aos pouquinhos

Olá, Jandira.

Desculpe lhe escrever, sei que você não esperava. Talvez nem me queira ler. É difícil explicar, mas você precisa entender a verdadeira história. Vou repetir o que você já sabe: era tão bom a gente trabalhando no laboratório, os três, não era? Só preciso acrescentar... só preciso... esquisito, estou sentindo dificuldade nesta conversa, igual quisesse abrir a boca para um "oi", não saísse palavra. O que será? Falta de costume não é. Minha escrita continua normal, sempre correspondo com amigos, parentes. E eu era bom de redação, lembra? Vocês até julgavam meus relatórios muito caprichados. Além disso, se intrigavam com minha frieza. Como naquele dia, olhando o frasco de arsênico, a gente comentava, ele é altamente tóxico, em doses mínimas, invisíveis, pode até matar uma pessoa, aos pouquinhos. Você ficou apavorada, eu não me alterei. E seu namorado, nem para te acalmar. Naquela hora, desconfiei, vocês não se gostavam mais. Vou confessar, no dia da festa junina, você estava maravilhosa. Vamos direto ao assunto (desculpe, minha dificuldade de escrever ainda continua), mas é isso, eu percebia, Jandira, você e ele, mesma sala de trabalho, todo dia ali, a relação se desgastava. Passada aquela festa, nossos almoços continuaram. Minha preocupação era você. Depois ele adoeceu, foi internado. Você concorda que não gostava mais dele? O seu choro, quando voltava do hospital, era quase de conveniência, não era? Os médicos nada descobriam, ele cada dia pior. Mas aconteceu, o que fazer? Vou até mudar de assunto, pra ver se a escrita desenrola melhor, ainda tá emperrando. Por aqui, estou tranquilo. Com uma novidade: sabe aquelas lagartixinhas brancas na parede, caçando insetos? Consegui pegar uma e guardei num vidro. Branquinha como você, comecei a te chamar de minha lagartixinha. Todo dia, jogava uns mosquitos pra ela, depois a tocava de leve com os dedos, puro carinho, conversando com ela, mas era com você. Lembro muito de sua roupa, na festa junina. Naquela noite, desejei ver você nua. No outro dia, no laboratório, os frascos na prateleira. Engraçado, tô lembrando aqui, quando era menino, achava divertido ver minha mãe depenando o pescoço do frango, depois degolar, a faca bem afiada, sangue esguichando. Nem sei por que estou falando isso. Daqui a pouco, te conto o acidente, ocorreu ontem com a lagartixinha, que pena! Vou abrir o jogo, a gente trabalhando, os três juntos, fui me apaixonando, sem coragem de me declarar. E você, tenho certeza, cada vez mais indiferente a ele. No dia de festa, linda como nunca, ele de olho em outra colega, traindo você, safado, então decidi, você vai ser só minha. A escrita ainda tá travando, até perdi o fio da meada. Ah, sim! Ontem relembrava tudo, enquanto acariciava a bichinha no vidro. Eu estava nu. O que aconteceu naquela hora, pode acreditar, não dependeu de mim. Todo dia, eu fazia igual, uma sensação gostosa e estranha, era o nosso papo diário. De repente, alisando ela, tudo misturou na minha cabeça: nós três no almoço, o frasco de arsênico, eu apaixonado por você, aquele safado que te traía..., quando percebi, fiquei gelado, a pobrezinha estava completamente imóvel. Mexi com ela, e nada. Coitadinha! Veja só, que horror, agora perdi vocês duas. Garanto, não queria... ah, desculpe, Jandira, vou ter que parar, prometo continuar amanhã. É hora do banho de sol, o guarda já vem abrir a cela. Você sabe o tanto que te amo.

Hora do batom

O palestrante não disse que a vida é uma festa? Que devemos aproveitá-la, a cada minuto, otimistas, que ela passa como um sopro? Então tá, pra não dizer que sou do contra, vai aqui um pouquinho de minha festa. Ah, vou me apresentar: Lígia, muito prazer! Sou caixa, espécie em extinção nos bancos. Chego e bato ponto, passo a maior parte do tempo com os clientes, mas não com todos. A maioria deles foi despachada para as máquinas de autoatendimento. Bancos adoram caixa automático, macete pra botar na rua os caixas de carne e osso, tipo eu. Menos funcionário, mais lucro. Isso é festa? Claro, a deles, banqueiros, não a minha nem a da galera.

Até hoje não fui despedida. Aí me obrigam a fazer cursos, reciclar, a conversa mole de sempre: gestão estratégica, criatividade, empreendedorismo, fidelização de cliente, redução de custos – este item nunca falta. O que falta é o banco admitir que sonha ficar livre de certo lixo: idosos, analfabetos, pessoas com deficiência, *office boys*, essa escória sem condições de usar o terminal eletrônico. Infelizmente, para o banco, é uma ralé que tem direito às máquinas de carne e osso, que conversam, olham nos olhos, essas lígias da vida. E haja ralé, é gente pra cacete, com quem passo minhas horas. Aí vem outra festa: longas filas, poucos guichês, sufoco geral, pressão da chefia, reclamação de cliente, imprevistos, hora extra, que delícia! Chorar? Nada, tenho festinhas privadas com "amigos" que também não falam: os tranquilizantes, os analgésicos, às vezes uma boa *Cannabis*, santo remédio. No mais, licenças médicas, quando os dedos travam, a festa da dor contagia braço, ombro, costas, o corpo emburrece.

E quando a cabeça empaca, dizem que é estresse, depressão, Burnout, nem sei o que é isso. Nessa hora, falar de desespero é pouco, nem as drogas resolvem mais, pinta vontade de morrer. Um colega suicidou, ano passado, saiu da festa antes da hora.

E tome mais receitinha de palestrante para motivar bancário trouxa. Chavões de autoestima, aproveitar o fim de semana, praticar esportes, passear, amar, meditar, tudo lindo, não? Sábado e domingo, feriado, preciso é de repouso, fazer nada, recuperar para a semana que vem. Teve um dia, apareceu um pregador religioso, prometeu curar todo mundo, corpo e alma. A turma aqui não tem fé, ninguém curado até hoje.

E assim vai minha festa de cada dia: de tarefa em tarefa, de conversa em conversa com cliente, de golo em golo de água, até a cor do batom vai sumindo. Um pouco antes das onze, pausa para um retoque: os lábios se massageiam, igualando o tom pastel, sóbrio, do batom. Vaidade? Nada disso, obrigação: "boa aparência, meninas", rosna a chefe, uma perua que se acha. Solteira, sim, mas por convicção, ela vive repetindo. Fingimos acreditar, sem dar papo. Também estou solteira, sem nenhuma convicção, jejuando a festa de um beijo, um chamego, uma trepadinha relaxante, hoje o tesão tá jogado para as traças.

O gostinho da chefe é martelar na cabeça da gente: "bater meta, cambada, vender de olho fechado". Nem escuto: empurrar seguro goela abaixo do aposentado de salário mínimo? Mentir para a faxineira que título de capitalização dá sorte e lucro? Consciência pesa, faço não. De sua mesa, a perua me observa e controla o entra e sai dos clientes, se gabando de conhecer a maioria deles.

Cá pra nós, confesso minha fraqueza: o batom renovado engana a boba aqui, segura um restinho de confiança. Faço isso discretamente, quando o cliente da vez se afasta do guichê. Os outros, assentados, nem reparam – viajam nos celulares, mal se olham em silêncio, calculam a festa da espera pelo tamanho da fila, é gente com sede, com fome, vontade de mijar ou chorar, não faz diferença, tudo é líquido querendo sair do corpo.

De resto, fico apreciando o movimento dos clientes: fora a gentinha indesejada e pouco lucrativa – esses que vão ao meu caixa –, o resto se vira nos terminais eletrônicos. Sacar, pagar, depositar, conferir saldo, desbloquear senha, fazer transferência, o diabo. Alguma novidade nisso? Tem, sim, uma exceção. Trata-se de um ilustre cliente, o Seu Cardoso. Voltou a frequentar o meu caixa, nos últimos meses. A cada vez, me contava pedaços de sua história. Começou a me incomodar. E a perua vigiando. Aposentado, vaidoso, jeitão de conquistador brega. Seu horário de aparecer: um pouco antes das onze. A cada dia, uma desculpa:

– Transação complicada, querida (querida é aquela que te pariu), preciso de sua ajuda.

Das primeiras vezes, instruí: no autoatendimento, senhor. Nada feito. Semana seguinte, outra desculpa, outra historinha irritante, eu fingia não entender. Até que, duas semanas atrás, apareceu sem cheques, sem dinheiro, sem desculpa esfarrapada na transação. Apenas um envelope fechado.

– Pra você ler após o expediente, alguém pediu que lhe entregasse. Meio sorriso, entre confiante e misterioso, senti até seu perfume, fragrância de nojo.

– Obrigada, eu disse, engolindo a voz e pegando automaticamente o envelope. No mesmo segundo me arrependi, merda, por que aceitei? No limite da polidez, vomitei em tom seco:

– Desculpe, senhor, há outros clientes na fila, tenha um bom dia.

Desde a semana passada, estou num serviço interno do banco. Seu Cardoso queixou-se ao gerente-geral que o desacatei. Sem querer, me fez grande favor, pois em breve eu seria afastada por licença médica. Nem as drogas psiquiátricas nem o baseado estavam me segurando mais. Agora, novas atividades, a barra mais leve, nenhum contato com clientes. Até estranhei a boa vontade da chefinha, me deslocando do antigo posto: "proteger você, meu bem". Para tanto, bastou o envelope do Seu Cardoso, que mostrei a ela. E que obra-prima, a mensagem do galã de quinta categoria:

> *Querida Lígia, sempre admirei você, funcionária simpática e gentil. Mas nunca esperei insinuações, daquele jeito, sem palavras. A primeira vez, há uns três meses. Cheguei à recepção, um pouco antes das onze, você me viu, se fez bonita pra mim, retocando o batom. Em seus lábios sensuais, já senti um beijo. Fiquei envaidecido, mas... e se fosse engano? Qual nada! Na semana seguinte, mesmo horário, mesma declaração muda: chego, você se retoca, lábios ainda mais provocantes. Aí o sentimento tomou conta. Se ainda tinha um restinho de dúvida, na terceira vez foi certeza. Após o batom, você me procurou com o olhar. Disfarçadamente, bem entendido. Pois é, querida, vim dizer que aceito o seu convite. A paixão é... blá-blá-blá...* (não vou repassar aqui o resto da baboseira).

Eu agora? Vou quase bem, obrigada, ainda recorrendo aos tranquilizantes, os dois. O trabalho interno também desgasta, mas sem cardosos. Lá dentro, até me distraio. Afinal, estou perto de me aposentar. Olho pra trás e me lembro de quando entrei para o banco. Seria um emprego provisório, enquanto eu cursava História, queria ser pesquisadora, contar a vida de minha cidade, do rio que banhava a minha infância, gente pescando, nadando, mulheres lavando roupa. Me formei. Mas como deixar o emprego? Os anos passavam, veio casamento, filho, marido desempregado, o banco garantia a grana. Me separei, o banco ainda segurando as pontas. O tempo correndo, eu presa aqui. Hoje, guardo a saudade do rio que se encolheu, água suja, proibido nadar, sem peixes, sem lavadeiras. Se ainda tenho sonhos? O trabalho indesejado levou quase todos. Em minha nova mesa, sem clientes, às vezes paro, olho os papéis, olho o teto, as paredes e os colegas, sem lhes dirigir palavra. Olho sobretudo o vazio que me resume.

O que me resta? Continuar trabalhando, questão de sobrevivência, faço o que não queria estar fazendo. Sou infeliz. O banco me preenche o tempo, sem preencher minhas ilusões. Vou apenas levando. Dá até para observar a curiosidade da chefinha, em sua mesa, espiando quem entra e sai. Como ontem, um pouco antes das onze. A festa era dela. Nem tão discretamente, retirava o batom da bolsa.

Entre primas

Oi, Carlinha,

tudo joia? que legal, o celular pegando aí na roça, beleza, agora a gente vai fofocar todo dia, hein? tô, tô de folga, e você, já fez caminhada hoje? e a confecção, bombando? sei, ah, que bacana, olha aqui, sabe o livro de culinária que você me encomendou? é, qualquer um, menos essas tontices vegetarianas, veganas, hehe! tô contigo, torresminho, feijão tropeiro, franguinho com quiabo e angu, uui! dá até água na boca, o quê? hoje no almoço? nem me convidou, né? sei, sei, mas olha, ontem fui numa livraria, tinha pouca coisa, o vendedor prometeu novidades para a semana, cozinha italiana, árabe, francesa, não, não, inglesa tá com nada, exceto os queijos, né? lembro, sim, o *cheddar* naquela sua torta de frango, ah, é? outra receita? quero provar, tá? então, prima, preciso de um favor, entre nós é assim, uma mão lava a outra, eita, cacofonia, hã? doce de pau de mamão? que delícia, huum!, depois do almoço, por cima um queijinho ralado, pelo menos esse prazer, esse pau, né? mas o favor é o seguinte, encomende à Dona Lurdinha mais uma saia pra mim, larga e comprida, ela tem as medidas, já te falei, não compro mais em *shoppings*, parece que a vendedora só falta gritar pra loja inteira "olha a gorda", vontade de mandar ela tomar no cu, sou dona assumida do meu corpo, porra, hein? paranoia? é, pode até ser, tem razão, não sou tão dona dele assim, aqui entre nós, até hoje não esqueci o Diego, é, aquele puto, sim, um ano já, e eu sonhando que era o grande amor de minha vida, depois disso só engordei, não adiantou terapia nem remédio, é foda, choro até hoje, não, nada, ninguém, tô a seco, é mesmo, vou pensar, olha aqui, o dinheiro pra Dona Lurdinha vai num envelope, o Moacir leva em mãos, ah, mudando de assunto, o casal de passarinhos que você mandou, biquinho alaranjado, lindo, adorei, acontece que a fêmea bota, bota, bota, o ninho enche, mas não choca ovo nenhum, nada, e ela não para de maltratar o macho, culpa dele? já pelou as costas do coitadinho de tanta bicada, mulher podia ser assim também, né? hehehe, sei, hã, hã, falar em tempo passando, lembrei do colégio interno, o sermão das freiras sobre temperança no comer, no falar, até no pensar, ouh!, maus pensamentos era a nossa meditação preferida, hein? e elas com aquele papo furado, que a gente ia encontrar o príncipe encantado, rapaz religioso, puro, que só existia na cabeça delas, e nós bobonas acreditamos, não? por isso achei que o Diego, aquele vagabundo, era meu grande amor, sei, sei, pois é, não vê nossas irmãs e primas, casadas e deprimidonas, doidas pra pular a cerca, ah é? uauu!, num tô falando? vixe!, agora sai um desquite, ah, ô chatura, o Moacir tá chegando pra pegar o envelope, deixa eu ir lá, oh!, um abração e faça mais pau de mamão, tô sentindo uma falta danada, pelo menos esse já compensa, isso aí, tesão de paladar, *putz*, tô carente pra caralho, num tô? não, não, não vou agarrar um fulaninho qualquer só pra tirar a barriga da miséria, resolvo debaixo das cobertas, vibrador também funciona, o quê? escandalizada? calma, prima, é receita, é, a ginecologista, não, sem grilo, aliás, aconselho, tá? hein? se as freiras soubessem, ah!, já pensou? temperança, minhas filhas, a pureza do corpo e da alma, e tome mais ladainha, ai, que saco, aquelas beatas, é, é, eu também, quanta saudade, tantas meninas que a gente nunca mais viu, tá, um dia, uma cervejinha, relembrar tudo, internato, namoradinhos, hein? triste? é, bosta de vida mesmo, passa tão depressa, o quêêê? a Zelinha?, ah, nããão, não me fala, tô passada, ela parecia tão saudável, era tão gente boa, caraca, dois filhos?

das poucas que tinham um marido legal, que tristeza... tá, vamos sim, a gente combina, oh, agora fui, o Moacir já tá impaciente, tchauzinho, um beijão procê e pra tia, tá certo, viu, tcha-tchau!

Olívia

O avião pousara tranquilamente. Cinco e meia da manhã, longa travessia do Atlântico, os passageiros já na sala de desembarque pouco iluminada. Na esteira rolante, bagagens serpenteavam, exibindo-se aos rostos modorrentos. Do lado oposto, um vulto me pareceu familiar. Tão parecida. Busquei abrir mais os olhos. Sabia que ela viria para o Natal. Só podia ser. Olívia. Alguma diferença era de se esperar, claro. Mas as rugas e cabelos grisalhos, pelo menos pra mim, nada tinham de declínio, eram dádivas do tempo. Atestavam os trinta e cinco anos de nossa formatura regada pelos sonhos de mudar o mundo. Vestido simples e longo, postura elegante, reservada. Alguma dúvida? Despertei completamente com aquela silhueta – sim, era ela iluminando todo o salão. No lento rolar da esteira, minha lembrança embarcou rumo aos anos da faculdade, da repressão militar, dos botecos, passeatas, sarros apressados sem palavras, no escurinho entre livros da biblioteca. Sem pensar duas vezes, fui empurrando o carrinho ainda vazio, em direção a ela, já ensaiando um largo abraço, os sentimentos desaguando.

Olívia se mudara para a África, percorrendo vários países, a serviço de organizações filantrópicas. A lembrança dela vinha em retalhos, enquanto eu mirava a pressa das rodas do carrinho, ao seu encontro. Ao encontro de quem mesmo? Daquela mulher ali, carne e osso, esperando a bagagem? Ou daquela outra, na virada dos anos sessenta, jovem universitária, militante política, mulher quase misteriosa? Nós, os "meninos" do diretório acadêmico, às vezes perguntávamos: cara, qual é a dela? Era diferente das outras colegas. A gente gostava de ficar perto. Aquela sensualidade que se enroscava entre o terno e o triste. Discreta, corpo esbelto e magro, cabelos ruivos, sandálias descontraídas. O sorriso era indeciso, o coração do tamanho de uma noite de porre, banhada em músicas de fossa. Mais eu empurrava o carrinho, mais chegavam fragmentos de imagens: os dentes preguiçosos compridos, pele pintadinha, óculos enormes, olhar perdido. Difícil desenhar o semblante generoso que tanto nos encantava, mistério a meio caminho, em permanências curtas. Ela não era bonita. Sua irmã, Letícia, essa era. E muito. Deixava a turma irrequieta, quando chegava, mas ficava lá no alto, nariz empinado. Olívia não. Estava sempre no mesmo plano, mistura de cumplicidade e compaixão. Seu jeito.

Era eu, como dizer, apaixonado por ela? Não, juro que não. Por que, então, aquela vontade de ficar junto, aquele sentir inconfesso, sem nome nem contornos, enquanto nos deliciávamos com as máximas da Mafalda, na tirinha do jornal?

As rodas do carrinho continuavam aflitas, naqueles trinta a quarenta passos em torno da esteira e do tempo, de volta a ela. A Olívia que eu retirava do baú não viera da África, não tinha rugas, não perdera o brilho choroso dos olhos, poesia incompleta. Fiquei até surpreso comigo, tanta coisa lembrada em segundos. Pensando bem, cabeça que só decora tabuadas não decora Olívia nenhuma. O que fica na memória é a melodia da voz, o requebrado no andar, aquele charme plangente, meio bêbado. Memória sem sofrimento se desfaz logo, desbota num minuto. Pois eu sofria de uma saudade serena e voluptuosa, naquele minipercurso de aeroporto, desenrolando o filme da antiga companheira. Percebi que nesses anos todos de ausência, mesmo não estando, ela estava sempre presente. Até seu perfume rememorei. Mas aí veio a dúvida: ela se lembraria de mim? Iria eu me render, de novo, à imensidão de seu "eeeei!" vagaroso e envolvente?

Pronto, cheguei perto. Ela acabara de puxar da esteira uma grande mala cinza. Meu coração portava-se incontrolado. Interrompi seu primeiro passo, ela já com a mala no carrinho.

– Desculpe, você não é a Olívia? Sou o Juninho, seu colega de faculdade, da turma de 71, do diretório acadêmico, botecos do Maletta...

Ela se mostrou ligeiramente inquieta. Me olhou não mais que um segundo, já abrindo caminho, desviando-se. Sua voz soou firme, educada e indiferente:

– Meu senhor, não sou essa pessoa. Com licença!

E foi saindo, passos leves, harmoniosos. De relance, busquei a etiqueta de sua mala. Muito tarde, nome e sobrenome se evadiram com ela. Meu olhar acompanhou-a até a porta de vidro, que se abriu automaticamente. E se fechou assim que o fantasma de Olívia a atravessou.

O presépio

Vizinhos na favela, José Nazário e Maria das Dores ficaram noivos. Na igreja que frequentavam, juraram ao pastor, que alegara sugestão divina, conservarem-se virgens até o dia do casamento. Faltavam cinco meses para a cerimônia, na noite em que José, ao buscar Maria para as orações, teve uma vertigem: a barriga da noiva estava crescendo. A dor insuportável da traïção puxou um impulso imediato de a estrangular ali mesmo. Mas ele era pacato, medroso e submisso. Horas de humilhação, engolindo em seco, sentindo náuseas, nem pediu explicações. Apenas decidiu ir embora daquele lugar, sem dizer palavra a Maria, aos parentes e colegas da obra onde exercia o ofício de carpinteiro.

Na mesma noite, os pertences essenciais na mochila, saiu de fininho por um beco escuro do morro, para não ser reconhecido.

– Tá indo aonde, meu irmão?

Era Anjinho Preto, amigo de infância, hoje guarda-costas do Capixaba, chefe local do tráfico. Havia poucos meses que Maria se empregara em sua casa.

– Vou sair uns tempos, Anjinho.

– Vai não, só porque tá bolado com o que rolou?

– Tá falando de quê?

– Não desconversa, Zé, você sabe, Maria tá prenha do Capixaba.

O anúncio de Anjinho simplesmente confirmou a silenciosa suspeita de José.

– Por isso é que vou embora, Anjinho, tá tudo arruinado por aqui. Minha vida acabou.

– Negativo, vai não. O patrão mandou te vigiar, quer

que o filho seja seu, de papel passado no cartório. E já viu, né?, se não obedece... tem muito presunto desovado na estrada velha de Nova Lima.

No outro dia, ao se encontrarem, Maria e José se abraçaram, num choro misturado de amor, indignação, ódio, mas, sobretudo, de impotência.

– Se eu não cedesse, José...

– Ele ia te matar, eu sei.

– Não, pior, ele disse que matava era você. Pra me ver sofrer o resto da vida.

O dia do nascimento estava chegando. Capixaba ordenou a Anjinho que levasse Maria e José para um hospital em Nova Lima, passando pela estrada velha. Despesas por conta dele.

Era já noite. No carro, as contrações ficaram mais frequentes, Maria sentiu sua hora. José, agoniado, pediu a Anjinho para pisar mais no acelerador. Também apavorado, estrada escura, Anjinho concordou, sem notar a curva fechada. O carro deslizou e saiu da estrada. Não capotou, mas ficou preso numa valeta. Impossível retirá-lo sem um reboque. Maria já chorava de dor e medo de perder a criança. Anjinho saltou logo do carro, ia buscar socorro, José que tirasse a noiva lá de dentro. Bastou começar a correr, avistou no meio do mato, a uns trinta metros, uma pequena construção. Haveria alguém. Ao chegar perto, percebeu desapontado: só uma velha estrebaria. No cômodo aberto, sossegavam uma vaca e um burro.

Noite alta, a lua cheia clareava intensamente o estábulo. O menino dormia tranquilo, ao lado de Maria. José, toda atenção à esposa e ao não filho. Sem mais nem menos, umas vozes lá fora. Revólver na mão, Anjinho foi assuntar. Surpresa, eram três chegados, também traficantes, que usavam a estrada velha, sem patrulha policial, para transportar a mercadoria.

– Oi, mano, a gente viu que era o seu carango. Tá rolando o quê? Escondendo bagulho aí?

– Não, cara, a parada é outra, mas de boa.

Anjinho lhes apontou o interior do curral, num gesto lento, respeitoso. Estava, porém, intrigado:

– Como é que vocês me acharam aqui?

– Pô, meu, a lua tava clareando tudo, pareceu até que ela parou em cima dessa espelunca. Foi moleza.

Chegando devagar, os três deram boa noite a José e Maria, num tom de reverência à vida que ali acabara de brotar. Vendo o menino, tiveram um sentimento supersticioso:

– Se o guri sobreviveu, a sorte tá com ele, meu irmão, disse Balta.

– Ele é maneiro, ajuntou Melque, vai ter um grande futuro, cara, sei não, chegar a barão lá do morro.

Gasparzão emendou baixinho:

– Tô sacando, vai ser o rei da erva, do pó, das pedrinhas.

Maria e José, calados, estranharam aqueles augúrios, sonhando outro futuro para o menino. Anjinho também não gostou do papo, mas nada comentou, ao notar a emoção rara e ingênua dos três parceiros. E foi num gesto espontâneo que eles se sentaram desajeitados, no chão daquele cômodo. Cada qual tirou da mochila uns saquinhos, num ritual inusitado de oferendas:

– Essa erva é da pura.

– Esse pó atravessou a fronteira, mistura nenhuma.

– Essas pedras, tem nem noção, da melhor qualidade.

– Pro nosso futuro rei, exclamaram quase juntos, as vozes se atropelando de leve.

Depois, silêncio em louvor à criança. Até a lua, em respeito, retirou seu clarão, cobrindo-se com nuvens desapressadas. Em curiosa calma, a vaca e o burro chegaram mais perto, queriam compor a cena. Lá fora, no brejo, um coro de sapos abrilhantava a solenidade.

PARTE III

A um simples toque

. você está muito apavorada ele ainda está dormindo
, e você finge calma só temos mais uns segundos de vida
. retire esse plural apenas um de nós vai desaparecer
, isto é horrível um simples toque no teclado nos devolverá ao nada
. devia ser mais grata foi com esse toque que ele fez você existir
, e enquanto dorme ele nos deixa nessa angústia de morte
. você e suas angústias ninguém que leia este texto vai sentir nossa falta
, a nossa e de todos os sinais gráficos de pontuação exceto os acentos
. é mesmo exclamação interrogação aspas hífen parênteses
, e aqueles que são feitos de você os dois pontos e as reticências
. e aquele que é a junção de nós dois o ponto e vírgula
, é injusto só as palavras estarem aqui e nós não
. as palavras significam alguma coisa se juntam na imaginação e formam ideias
, além disso elas têm sonoridade e nós de novo não
. elas não precisam que alguém as tecle ou as escreva para terem vida
, ou para serem ouvidas isso é sacanagem
. nós minha cara somos uma categoria inferior meros coadjuvantes das palavras
, mas se só existimos ao lado delas também somos parte da escrita
. concordo sem mim a frase nunca terminaria
, e eu decido o significado de muitos conteúdos depende do lugar onde me colocam
. não queira dar uma de tão importante

, sinto muito tenho mais funções que você sou eu que determino as pausas as nuances o ritmo da narrativa

. vai à merda sua metida a besta

, não vamos começar a brigar logo agora que nossa vida está por um fio

. a nossa não só um de nós vai ser deletado

, você parece muito certo de não ser o escolhido

. apenas não estou choramingando

, ele ainda não decidiu se encerra a frase com você ou se a continua comigo

. estou me lixando se ao menos nossa existência servisse para alguma coisa

, pois serve sim e muito um ponto ou uma vírgula podem mudar o sentido de uma sentença ou a sorte de um povo

. você e suas megalomanias

, chega de competir comigo temos algo mais importante a fazer juntos

. fazer o que e pra quê

, achar um meio de nos salvar um jeito de ele não nos apagar

. tá bom o que sugere antes que ele acorde

, se desligamos o computador o texto fica salvo automaticamente e nós também

. agora é tarde ele está acordando

, pense em mais alguma saída você diz que é tão inteligente

. melhor aceitar o destino em poucos segundos um de nós não estará mais aqui

, se for eu a eliminada você ao menos promete que vai se lembrar de mim

O telefone tocou, e acordei. Atendi, ainda sonolento. Voltei ao texto. Às vezes, depois do almoço, costumo cochilar em frente ao computador. Acabara de teclar o ponto final de uma frase, porém ponderei, talvez uma vírgula fosse mais adequada. Digitei a vírgula ao lado do ponto. Olhei para ela e para ele, ainda hesitante. O cochilo veio antes de minha decisão. Sonhei.

Papo inútil

– Vá lá, foi no anoitecer da Idade Média. Mas de teólogos se esperava mais lucidez, não?

– Ao menos fosse em tempos de paz. Constantinopla invadida pelos turcos otomanos, e eles lá, naquela viagem delirante, aqui pra nós, pura masturbação mental.

– Enquanto isso, o imperador era assassinado, milhares de cristãos mortos, desgraceira do cão.

– Pena que o Gutenberg, à época, tenha se dedicado tanto à impressão de sua Bíblia. Tivesse criado um jornal, imagine a manchete: "Em plena queda de Constantinopla, teólogos discutem o sexo dos anjos".

– Eu acrescentaria: "Vexame teológico!".

– Bom, sem jornais, o caso foi parar nos livros de História, que a gente só lê tempos depois, notícias filtradas, uma interpretação duvidosa dos fatos.

– Você discorda dos historiadores? Então a queda da cidade não marcou o fim da Idade Média? Não abriu as portas para a Idade Moderna?

– Tá bom, concordo. E até acrescento: ainda bem que esses teólogos imbecis ficaram do lado de lá, das portas e da História.

– Ficaram nada. Passaram à posteridade, personagens de uma piada teológica, surreal.

– Hãã?

– Esse papo furado de sexo dos anjos, ora bolas! Sem chegar a porra nenhuma de conclusão. É uma piada, acha não?

– E daí?

– Quero dizer que o tema rendeu muito pano pra manga. Olha só, o caso aconteceu em 1453. E de lá pra cá essa treta de sexo dos anjos nunca mais saiu de moda. Virou título de novela, de livro, de artigo científico, é roteiro de filmes com mais anjos descendo à Terra, se apaixonando por mulheres...

– Você reparou a copa daquelas árvores dançando juntinhas? Parecem ondas de um lago verde.

– Cansou da lenga-lenga dos teólogos?

– Tava curtindo a dança das folhas com o vento. Cansei não, mas veja bem: Idade Média agonizante, igreja corrupta vendendo a salvação eterna, Inquisição proibindo pensar... nesse clima de obscurantismo, sexo dos anjos devia mesmo dar muito ibope.

– E sabe em qual fonte eles beberam, né? Na Bíblia, simples assim. Aquela história de anjos decaídos, se prostituindo com mulheres, tá lá no Gênesis: *vendo os filhos de Deus que as filhas dos homens eram formosas, tomaram para si mulheres, as que, entre todas, mais lhes agradaram.*

– Caraca, esses filhos de Deus eram anjos transando com mulheres escolhidas a dedo, as mais gostosas do pedaço.

– E tem mais aquele caso de Sodoma e Gomorra. Ló acolheu em sua casa dois anjos que chegaram à cidade, daí foi juntando aquela galera de sodomitas, querendo enrabar os estrangeiros.

– Esse Ló era um filho da puta. Para poupar os visitantes, ofereceu suas filhas àquele bando de tarados. Mas o que eles queriam mesmo era traçar os dois jovens.

– Taí, mais uma passagem bíblica misturando anjo e gente, com sexo na jogada.

– Chii... olha essas nuvens escuras, vai cair o maior toró.

– Me incomoda nisso é o machismo das Escrituras. Não condenaram a atitude cafajeste do Ló. Além disso, não trazem uma só história de anja transando com homem.

– Isso vem dos hebreus, os primeiros a falar sobre anjos. Sacanas, não davam lugar para as mulheres no mundo sobrenatural.

– Nem no natural. Garanto que se borravam de insegurança, ao sacar os enigmas e o poder das mulheres.

– E até para a criação do mundo vieram com um Deus macho.

– Aqueles teólogos deviam discutir era o sexo de Deus. Se ele é bondade, beleza, amor, misericórdia, ternura, delicadeza, perdão...

– E só falam de anjo varão, é Gabriel, é Rafael, é Lúcifer...

– Sonegaram as anjas.

– Por ignorância ou má-fé. As anjas estão lá, no livro de Zacarias, lembra? *De novo ergui os olhos e vi chegarem à minha frente duas mulheres com asas como de cegonha;* o *vento impeliu suas asas, e elas ergueram* o *cesto entre* o *céu e a terra.* O texto é claro, pô, tem anjas na Bíblia, sim, e fim de papo.

– Mas elas continuaram ausentes nas historietas de padres e freiras, na arte sacra. Repare as igrejas barrocas, cheias de anjinho, só menino-macho, com asas e a piroquinha de fora. Nenhuma xoxotinha para honrar as meninas-anjas.

– Humm!, é a terceira vez que esse helicóptero passa por aqui. Deve ser da polícia, vai dar merda.

– Ainda tô lá nos teólogos babacas. Por que discutir sexo, se há tanto assunto interessante sobre os anjos?

– Aliás, a esse respeito, temos de enfrentar perguntas embaraçosas. E a primeira delas seria: anjo existe mesmo? Ou é pura ficção da mente humana, ávida de momentos sublimes, tipo um êxtase, uma busca de proteção.

– Ou também situações de violência, não? Pois não tem só anjo bom. Belzebu, capeta, demônio, tinhoso, quantos nomes você queira, anjo mau é o que não falta neste mundo.

– Opa! Cuidado com o maniqueísmo, anjo bom de um lado, anjo mau de outro. Tá tudo misturado. Mas ainda continuo lá atrás, no sexo de anjo, tem aí um lado sensual, assim, pras bandas do erotismo.

– Não entendi.

– Te dou um exemplo: ontem ouvi uma velhinha, sorriso safado, cochichando pra amiga: "Minha primeira transa, Iracema, nem te conto, de tão boa, eu fui no outro mundo e voltei".

– E daí, quer chegar aonde?

– Daí que esse outro mundo, do gozo, sacou?, é como estar fora da matéria, fora do corpo, num estado de transe. Isso é um jeito de ser anjo, é ou não é?

– Uau! Nessa você viajou direitinho. Mas até que faz sentido.

– Outra coisa que me aporrinha: só falam de anjo protegendo criança, velho, gente doente. Ora, anjo toma conta de qualquer mané, qualquer maricota, no trabalho, no trânsito, na cozinha, no escritório...

– E na cama também, onde pinta uma transa. Ali é que anjo cuida de todo mundo mesmo: adolescente, adulto ou velho, prostituta, a galera LGBTQI+, beata, padre, o escambau.

– Cá pra nós, anjo é *voyeur* por ofício, não? No leito conjugal, no motel, na zona, no meio do mato, no elevador, lá está ela ou ele, zelando pra acontecer uma trepada bem maneira.

– Depende. E se for um anjo mau? Esse aí comparece, literalmente, pra empatar a foda.

– Resumo da ópera: anjo seria uma realidade paralela, um jeito humano de sentir, no bem ou...

– Peraí, Gabriela, você tá insinuando que não existe anjo nem anja? Olha o vacilo. E nós duas, somos o quê, mera ficção?

– Calma, Rafaela, se não existisse anjo, como estaríamos aqui neste plantão, sobrevoando a cidade, a guardar seus habitantes? E quer saber? Tamos falando muito, pouco atentas ao que tá acontecendo lá embaixo. Alguém pode estar pedindo nossa presença.

– Chii, tem razão, olha aquele barraco lá no pé do morro, o casal de velhinhos tentando tirar uma, *putz*!, quanto esforço. E não tá rolando.

– Nem por isso deixam de ser fofos, manja só o carinho entre eles, estão até rindo, brincando com o perrengue.

– Então vamos logo, voo rasante, dar uma força pros dois.

– E naquele esquema de sempre, tá?, chegar bem *light*, bem de mansinho...

Meus contos

– ... culpa, tenho muita, por coisinha à toa, até quando fumo. Ontem mesmo, escrevendo mais um conto, entre meus olhos e o computador, a fumaça azucrinava: dá câncer, dá infarto, dá ruga. É culpa dia e noite, tipo devia comer menos, fazer caminhada, visitar a tia doente, uma chata. *Putz*, é muita piração.

– Acho que entendo.

– Tem outros lances, nem sei se é pra falar aqui. Costumo ficar pelada diante do espelho. Tenho peitos bonitos, me acho gostosa, vira e mexe dá vontade de trepar com algum neguinho por aí, mas não rola. Acabo me masturbando, numa boa, quer dizer, pinta culpa também, incompetência pra ter um homem. Outras vezes, penso em transar com mulher. Tem dia que bate um desespero, já pensei em me matar, mas dei um tempo.

– Novos projetos de vida?

– Ah, sei lá, quero escrever meus contos, já pensei em ser atriz, em morar na África, porrada de coisa, mas tô ficando nessa...

– Desculpe, não estou entendendo.

– Como assim?

– Você disse que veio se confessar. E os pecados?

– Caraca, padre, não contei nenhum? Tanta culpa, tentação...

– Culpas, tentações, são como o ar que respiramos. E não ofendem a Deus.

– Tem vez, até duvido que Deus existe.

– Duvidar é próprio de todo ser humano. E a existência de Deus, você deve saber, não é verdade científica.

– Mas o senhor nunca duvidou, né?

– Muitas vezes, muitas.

– O quê? Surreal, meu. Então o senhor deve ter alguma neura.

– Concordo plenamente. Dúvida e fé são inseparáveis. Deixam a gente a um passo da neurose.

– Num tô falando? Vai ver, também duvida que Maria era virgem.

– Alguns textos antigos figuravam os heróis com atributos extraordinários. Um deles é ter nascido de uma virgem.

– Caramba! Também não acredita?

– Estou lhe passando uma versão dos historiadores.

– Essa eu vou contar pra Mirinha.

– Desculpe perguntar, você se confessa sempre?

– É a primeira vez, vim assim, de bobeira, a Mirinha, careta mas superamiga, me deu o toque.

– Será mesmo um confessor que você procura?

– Que droga, padre, sei não, queria contar algum pecado.

– Assim como queria ser atriz, escrever contos?

– Merda, padre, tá me confundindo, pecado e conto, nada a ver.

– Pecado pode ser um conto que fere a Deus, na pessoa do próximo.

– Já vem com lição de moral.

– Então, paramos aqui?

– Calma, padre, é que tô encucada. Me acho devagar, frouxa... que bosta!

– Fale mais de seus contos.

– Tá maluquete, padre? Não vim falar de contos, vim desembuchar meus pecados.

– Tá bem, então conte um. Mas pecado de verdade.

– E eu sei lá o que é verdade, cacete? Aliás, nem pecado eu sei o que é. Agora, conto mal escrito, eu sei.

– Fiquei curioso.

– Assim... porra, a Mirinha diz que falta neles mais

pegada, mais tesão. Tô pensando uma coisa: nos contos, só falo de mim, tô aí pra nada, o mundo que se foda. E a vida passando... puta que pariu, sou tipo água parada, água morna, sacou?

– Os mornos correm risco, diante de Deus.

– Que risco, padre?

– Ele pode vomitá-los.

– Tá dizendo que vou pro inferno?

– Você acredita que o Deus da bondade inventaria o horror de um castigo eterno?

– Tem mais nem inferno? *Crazy*, véi! A Mirinha disse que o tal de limbo também já era.

– Faz diferença pra você?

– Humm... acho que tô é... assim, perdida, meio *down*, na pior, tá sacando?

– Não é o outro que falta em sua vida? Precisamos do outro, na graça ou no pecado.

– Ah, é? Então pode perguntar uma coisa?

– Estou ouvindo.

– Se eu desejar trepar com o senhor, estaremos juntos no pecado?

– Ou na graça. Depende do sentimento que nos move.

– Uau! Tá aceitando a minha... minha cantada?

– Estou respondendo à sua pergunta.

– Foi mal, desculpa. Ofendi o senhor?

– De modo algum. Sua pergunta foi espontânea, isso é virtude.

– Tô pensando... seja franco, padre, alguma coisa que falei aqui interessou ao senhor?

– Interesse, eu diria...

– Caralho, a Mirinha também não se toca com meus contos. Será que...

– Vá com Deus, filha!

O almoço

Os carros descem a Rua Timbiras e param no sinal vermelho, esquina com a Bias Fortes. Eu, sentado na calçada, uns vinte metros acima, pernas esticadas, o prato de papel alumínio cheio – arroz, feijão, macarrão, carne moída. De dentro dos carros, me reparam num jeito esquisito. Um saco velho de pano guarda minhas tralhas: cobertor, livro rasgado, caneca, óculos de uma perna só. Quem desce ou sobe a calçada sai do passo reto pra me evitar, me encarando de banda. Isso é todo dia. Até já sei o pensamento atrás de cada espiada: uns têm dó de mim, outros, nojo, mais outros, intenção de me tirar daqui à força, que eu devia era trabalhar, estou sujando a paisagem.

Só que ontem pintou uma dona diferente. Quando parou no sinal, em vez do olhar entortado, parecia só curiosa. Me observava de leve, reservada. Desviou a cara quando meu olho pegou o dela. Também desviei, fingi não era comigo. Senti firmeza, ela não tinha dó de mim nem pensava chamar polícia. Só ficou intrigada com meu jeito de comer, os pés brincando pra lá e pra cá, satisfação na farra dos dentes, da boca, do corpo todo. E era pra dar gosto mesmo, eu preparava cada garfada no maior capricho, levantando os fios de macarrão, enrolando eles no garfo, depois buscando mais no fundo do alumínio, na fartura, a barriga festejando, hora do prato cheio, só ele pro resto do dia, como não empolgar?

A mulher continuava na minha cola. Quando o sinal abriu, deixou o carro deslizar pro lado da calçada, estacionou um pouquinho à frente. Agora me encarava pelo retrovisor. Fez de conta que procurava coisa numa pasta, mas o rabo do olho era para o meu lado. Farejando o quê, quem é ela? Assistente social atrás de morador de rua? Policial disfarçada? Parente? Nem sei se tenho parente. E aí ficou aquele joguinho, ela me encarando pelo espelho, eu reparando nela. Só que tinha um porém, uma regra: nem ela nem eu podia ser pego olhando um pro outro. Duelo disfarçado, ela despistava de lá, eu de cá, um vice e um versa. A cada mirada, de meu lado, fingindo não olhar, ela compreendia o que eu tava pensando e contando. E eu também, de fininho, entendia tudo o que ela matutava e perguntava, em cada olhada ligeira, como se não olhasse. E aí a história foi rendendo, ficou interessante, ela atinou que uma coisa grave aconteceu comigo, eu devia ser de boa família, gente de grana. Tinha razão? Pode ser, também vivo perguntando isso. Fiquei internado no hospício, muito remédio, dez meses, depois falaram, lá não era mais lugar pra mim. Guardo nada do meu passado. Vez em quando reluz uma lembrancinha, mas some logo. Sempre repete aquele risquinho de cena, eu caindo, uma pedra, só isso, sem antes nem depois. Por que carrego um livro envelhecido, desfolhado? E óculos que nem uso mais?

Ela desceu do carro, entrou na papelaria em frente, voltou com um caderno e uma caixa de lápis de cor. Saquei sua última espiadela pelo retrovisor, já religando o carro. Parecia intrigada, não entendia por que eu era um animal alegre, quando comia. Pior é que nem conseguiu ou não quis, sei lá, ouvir o resto da minha história pelo retrovisor. Que desgosto. Logo ela, tava me ajudando a relembrar alguma cena, uns lances antigos, que esqueci quase total, igual fui repegando na ideia aquela horinha da tarde numa escola, coisa de segundos, eu numa sala de aula, livro e óculos sobre a mesa, meninada gritando, lembro só isso. Se ela olhasse de novo pelo retrovisor, quem sabe era mais um tiquinho do passado que eu ia recobrar. Sozinho, dou conta não.

E partiu. Me abandonou. Aproveitou o sinal aberto, foi entrando devagar, na frente de outro carro, ainda parado. Voltou pra rua, sem morar na rua que nem eu. Nunca mais vou ver ela. Fiquei pesaroso, o papo tava desenrolando legal.

Eu continuava balançando os pés. Agora um pouco menos, as últimas garfadas. Os carros paravam outra vez, motoristas de novo, o mesmo jeito de encarar – pena de mim, repugnância, vagabundo manchando o pedaço. Tanta gente passando pela calçada, eu sozinho de novo. Acabei o almoço. Arrotei de satisfação, despistado. Como de costume, amassei o prato de alumínio, já lambido, vazio. Peguei a caneca dentro do saco, levantei e espreguicei. Agora, achar uma torneira nalgum prédio em construção, nessa redondeza.

Confesso

Os primeiros meses, só beleza. Meu dono tinha grana, ia comigo à faculdade, a restaurantes e lojas chiques, cidades turísticas com praia, fiz até viagem internacional. Ficava fissurado nos free shoppings, naquele chão limpinho, ao cruzar com sandálias e sapatilhas, botas ou anabelas de dar tesão, tudo de grife. Nas ruas do centro da cidade, a onda era outra, feia e pobre – sapatos de mau gosto, marcas falsificadas, sandálias de dedo gastas ou remendadas, botinas pra surrar até acabar, além dos pés descalços e sujos, alguns cheios de feridas. Eu via tudo do meu lugar, na altura do chão, mas dava pra sacar a diferença, a turma grã-fina e a galera desabonada. É assim o mundo pra mim, olhado daqui de baixo.

Devia ter seis meses de uso quando fui assaltado, plena madrugada, saindo de uma boate de luxo. Meu dono nem reagiu, arma apontada para a testa dele, me descalçou no ato, e fui passado, no pavor, ao novo proprietário. Na hora, fiquei baralhado, zonzo: daqui pra frente, onde vou pisar?

Nos dias seguintes, senti a barra, mudança irada. Os novos pés eram grosseiros, maltratados, fedidos. Não demorou, fui me desgastando rapidinho, pisava bosta de cachorro e de gente, pedra e pedregulho, terra empoeirada ou lamacenta, esgoto, entulho. Verdade é que a nova parada, mesmo na dureza, dava certo gosto, descobri um mundão de coisas. Antes eu não sabia o que era dar uma forcinha pra quem tá fudido igual você mesmo, pobre rala junto com outro pobre. Nem sabia o que era pirralho chorando de fome. E nunca tinha rolado ver meu antigo dono, filho de bacana, apanhar na delegacia, porque foi pego com umas buchas da erva. Também pudera, ele tinha advogado, já era conhecido por lá e sempre rolava uma propina para o mandachuva de plantão. Com o novo amo, a jogada era outra, muita porrada e alguns dias em cana.

Continuei me esfarrapando, era o único par de tênis desse dono, muita batalha, corria atrás de neguim pra bater, fugia de neguim e da polícia pra não apanhar. Minha esperança de vida degringolou rapidinho, envelheci na sola, no bico, nos lados, o cadarço apodrecendo. Chegou o dia que não deu mais, fui jogado no canto da rua, um pé amarrado no outro. Um moleque me pegou e atirou sobre uns fios de eletricidade, a maioria gato. Fiquei pendurado, vendo o mundo lá do alto, novidade, mistura de beleza e sujeira. Mas aí eu já não valia nada, estropiado, o calçado mais inútil da favela.

Contar a própria história pode dar certo com gente. Deve até fazer bem, lance de aliviar mágoa, abrandar desespero. Mas pra mim isso não cola. Sou feito de borracha sintética, couro, plástico, não tenho sangue nem coração pra chorar, desabafar. Sacanagem, eu acho. Pior, não tenho conserto. Nem meia-sola no sapateiro, nem tratamento no doutor, tipo cirurgia em cidadão de carne e osso. Tô acabado, e pronto.

Se pudesse ao menos fazer um balanço de minha vida – já que fui feito pra andar –, nem sei se me cabe aquela pergunta: andei o bom ou o mau caminho? Acho que todo caminho é igual, muda é o dono ter ou não ter grana, e as quebradas por onde ele passa. Não escolhi rota, beco ou atalho, morro ou asfalto. Sempre fui levado. Também não sei – outra pergunta duvidosa pra mim – se combati o tal de bom combate. Só garanto que briguei pra cacete, dei muito pontapé, chute na cabeça, na barriga, nas costas, no saco, tudo a mando de meus dois senhores, cada qual mais valentão e encrenqueiro. Pra um e outro, servi como esconderijo de drogas. Tremia, quando encurralado por coturnos. Hoje, em estado terminal, minha vontade é de falar como o poeta: "confesso que vivi". Mas não dá pé. No muito, só posso resmungar: confesso que andei, corri, pulei, fugi, me atolei. Meu destino agora é o lixo. Fazer o quê? Acho que sonhei alto, sem atinar que altura de tênis sempre foi a do chão. Minha vida nunca daria um romance. Aliás, não deu nem uma crônica policial, que motivo pra isso teve. E muito.

O relatório

Honório entrou trêmulo. Acolhido na triagem, foi logo encaminhado ao doutor Gonzaga, recém-chegado àquela unidade básica de saúde.

– Doutor, estou vendo vultos à noite, no cemitério.

O clínico, ao preencher o prontuário, além das perguntas de rotina, quis entender melhor o pânico que o paciente exalava.

– Eu sou vigia noturno. Tô apavorado, desde que me deslocaram pra lá. Faz dois meses.

A fila de clientes estava grande, os casos de dengue enchiam os corredores. O doutor Gonzaga não tinha tempo maior para Honório. De imediato, porém, precisava aliviar seu sofrimento. Liberou-o com um diagnóstico provisório: surto psicótico, episódios de alucinação. Uma receita de Haldol e trinta dias de afastamento do trabalho.

Naquele posto de saúde, casos complexos eram acompanhados por outros especialistas. O médico, insatisfeito com a consulta apressada, encaminhou o enfermo à assistente social e à psicóloga.

Ao examinar o prontuário do suposto demente, as duas anotaram que o cemitério e seus fantasmas jaziam numa cidade vizinha, na periferia da capital. Em comum acordo, decidiram convocar o guarda noturno das almas. Na conversa, Honório revelou uma conduta incompatível com o diagnóstico. Só via assombração à noite. E só lá no cemitério, nada durante o dia. As duas profissionais observaram também que, apesar do medo, seu jeito de falar era normal, coerente, nenhuma fala desconexa. Isso as deixou intrigadas. Concordaram que a investigação do caso precisava ir além. Afinal, desde os bancos da faculdade, sabiam que os sintomas podem enganar, se omitidas as circunstâncias em que ocorrem. Como obstinadas detetives, resolveram, de imediato, visitar o cemitério.

Ao cair da noite, lá estavam. Tiveram medo também. Não de almas do outro mundo. Ante seus olhos, um cenário quase macabro. O terreno, com altos e baixos, tinha uma área aproximada de um campo de futebol. Muito pouco iluminado, mato crescido entre as tumbas, parte de um muro derrubada. Um sítio de total isolamento. À noite, sem velórios, sem enterros nem coveiros, só havia função para o vigia naquele nada hospitaleiro plantão. Seu posto de trabalho, uma guarita de vidros quebrados, não o protegia de ventos, chuvas, pernilongos. Nem da visão de eventuais almas ambulantes.

Ainda sem respostas, as duas *sherlocks* marcaram novo encontro com Honório. Só então ele contou que estava substituindo o antigo vigia, Amâncio, também afastado por motivo de saúde. No dia seguinte, lá estavam elas, batendo à porta do novo personagem. Tinham pressa em desvendar o sobrenatural enredo. Ao recebê-las, Amâncio relata que fora operado de uma úlcera gástrica. Praticamente curado, não se recusou a falar de sua rotina de vigia. Parecia quase à vontade. Quase. Pois um leve desconforto tremulava em suas sobrancelhas. Discorreu sobre a solidão do trabalho noturno, as más condições do ambiente deserto, ah, sim, e a favela vizinha, a uns quinhentos metros. De repente, cortando a conversa ao meio: acho que falei tudo.

As duas se entreolharam, ante o brusco ponto final da conversa.

– Não tem mais nenhum detalhe, Amâncio? Então acho que podemos...

A pergunta, feita com firmeza, mas leve cumplicidade no olhar, logrou deixá-lo mais confiante.

– Pra dizer a verdade, a história não acabou. Mas tem

um porém, não devo abrir o jogo, nem com as senhoras, que são gente boa. Posso até ser preso.

– Amâncio, não somos polícia. O que você falar morre aqui, é segredo profissional. Estamos buscando entender a situação do Honório, ele disse que tá vendo fantasmas no cemitério. Você acredita nisso?

– Bem, se o problema é esse... já contei pras senhoras que tem uma favela bem perto de lá. Então, coisa de ano e meio atrás, alguns traficantes me procuraram. Precisavam de um lugar seguro para esconder drogas. Tinha o muro quebrado lá no cemitério, nem precisavam pular. E me ameaçaram de morte, se eu abrisse o bico. Acho que foi daí que começou minha úlcera.

– Você procurou alguma ajuda?

– Não. Em vez disso, fiz foi um trato de silêncio com eles. Não tinha outra saída. Também, vou ser honesto, minha cabeça embaralhou. Hoje em dia, sinceramente, nem sei mais quem é bandido, quem não é. Tanta gente fina por aí, cheia da grana, fazendo coisa muito pior.

– Tem razão, Amâncio, muita corrupção, violência, escândalos um atrás do outro.

– Me desculpem, é meu ponto de vista. Só sei que, se a polícia descobrir, eu tô ferrado, sou da ralé. Daí que nem contei nada pro Honório, quando saí de licença.

– Amâncio, você nem imagina, é atrás dessa informação que a gente tava correndo. Agora, fechou.

– Pois é, o lugar não é mal-assombrado, esboçou um sorriso. Mas que ele tá vendo assombração no meio das sepulturas, isso tá.

– A gente te agradece demais, demais mesmo, e ninguém vai saber dessa conversa. Um ótimo final de recuperação pra você. Não, obrigado, lanchamos antes de vir pra cá. Fica com Deus.

As investigadoras da miséria humana ainda tinham uma tarefa urgente: suspender a medicação antialucinógena e rediscutir o tratamento de Honório com o médico. Fizeram-lhe a necessária explanação dos acontecimentos. Depois iriam redigir um relatório para o resto da equipe de saúde.

Dias depois, só as almas sabem como, o caso vazou e um boato começou a circular. Foi na cantina, ao tomar um cafezinho, que o doutor Gonzaga se engasgou, assustado com a conversa, na mesa ao lado. Um funcionário, voz baixa e tom de ironia, repassava nova versão do relatório à sua colega:

– Cê sabe que, hoje em dia, as almas penadas, lá no cemitério, costumam ter carne e osso, sangue fervendo nas veias e arma na cintura?

E a colega, falando mais baixo ainda:

– Cala essa boca, Deus casti... uuui!, tá vendo?, o doutor aqui do lado parece que escutou sua besteira. Merda, espirrou café no meu vestido novinho.

Juquinha

– Uma vara de anzol e uma latinha de minhocas. É o resultado de sua investigação?

– Não, chefe, já lhe conto por que as trouxe.

– Pombas, você conhece as tarefas do perito criminal: colher indícios relevantes, esmiuçar o local do evento, as evidências da *causa mortis*.

– Houve um mal-entendido, chefe. Um sujeito estirado à beira do riacho, imóvel, cabeça manchada de sangue. A notícia chegou aqui. Assassinato? O senhor me escalou para averiguar o suposto crime. Este é meu primeiro caso, estou aqui há dez dias.

– Escalei você, sim, pra um teste. E bem se vê que é um iniciante: vara e isca. É a prova do crime?

– Chegando ao local, chefe, tive duas surpresas. Não havia cadáver, apenas um homem desmaiado. Caiu, bateu a cabeça numa pedra. Fiz algumas fotos.

– Se não houve morte, caramba, houve crime menor. A vítima foi roubada, espancada? Um perito que se preze enxerga até o rabo dos fatos, o escondido, o invisível.

– Segunda surpresa, chefe. Nem agressor nem crime. O disse me disse de vizinhos e curiosos, ao redor do indivíduo, me bastou. Houve testemunhas. Ele tentava botar a isca no anzol, cambaleando bêbado sobre uma grande pedra coberta de lodo. Havia chovido ali. Escorregou num de seus passatempos.

– Aprenda uma coisa, meu caro: um instituto de criminalística trabalha com dados e métodos científicos, não com fofocas de vizinhos.

– O dado objetivo era o corpo no chão. Nem das fotos precisei mais. Me desculpe, chefe, além de vara e minhocas, recolhi palavras.

– Hein? Palavras e vento, qual a diferença? Preste atenção, oh, meu: por que será que botei você na equipe que investiga, depois de uma semana, a morte de um travesti? Por sinal, no mesmo bairro desse pescador cachaceiro. Já devia ter aprendido que, em vez de palavrório, a gente usa microscópio, cromatógrafo, sequenciador de DNA, uma porrada de aparelhos sofisticados. E mesmo assim, até agora, nenhuma pista sobre o assassino.

– Estou muito interessado nesse caso, chefe. Até já tenho...

– Tem mais palavras, tô sacando. Trouxe ao menos o nome do diabo do pescador? Documentos?

– Ontem mesmo, depois que a ambulância o levou, escutei algumas testemunhas, a fim de redigir o relatório do caso.

– Perguntei pelo nome e por documentos.

– Juquinha é o apelido, chefe, o nome mesmo ninguém sabia. Aparência de cinquenta e cinco anos. Nenhum documento nos bolsos nem no barracão, onde mora sozinho.

– Não achou nada, aí recolheu palavras. É uma piada. Por que, então, você me aparece aqui com essa merdinha de vara de anzol?

– Um primo do Juquinha, chefe, lutador de caratê, ia jogá-la fora ali mesmo, no riacho. Até justificou: evitar que o Juca tenha outro acidente e morra afogado.

– E você?

– Tomei a vara, disse que ia usá-la como prova.

– Prova de quê?

– Vaga intuição, talvez uma pista, sei lá. Na verdade, chefe, vou ser franco, bateu foi uma saudade repentina de minha infância. Eu pescava sempre, o rio passava no fundo do quintal. Nas enchentes, chegava a inundar nossa casa.

– Só essa que faltava! Olha aqui, meu camarada, regra número um do perito: ele não pode misturar sentimentos pessoais, vida privada, neuras, com o fato investigado. Tem de guardar cabeça fria, manter distância, entendeu?

– Não segui o protocolo, chefe, reconheço. Por outro lado, os depoimentos sobre o Juquinha me ensinaram muito. Em vez de crime, conheci as aventuras de um pobre coitado. Acho que a formação do perito criminal deve ir além da investigação técnica.

– Já tá querendo dar lições aos superiores, é? Então me conta: se já sabia que não teve crime, por que os depoimentos? Só perda de tempo.

– Queria conhecer melhor o bairro, chefe, é ali que o travesti foi assassinado.

– E esse povo tinha algum dado que prestasse? Afinal, quem eram?

– Já disse, vizinhos e conhecidos do Juquinha. Os nomes estão nesta lista que lhe trouxe. O bairro é expansão de um antigo vilarejo, na periferia da cidade. Os moradores ali se conhecem.

– Me dá essa lista, já estou sem paciência. Vamos ver, humm... o dono do boteco. Nem o nome do cidadão você escreveu. Arrancou dele alguma informação?

– Para a elucidação do crime, nenhuma, chefe. Mas narrou fatos que mostram o perfil do Juquinha. Que ele é um sonhador, vive andando por morros e pastos, à procura de pedras preciosas. Só acha minerais sem valia, quartzos, cristais que mal servem para enfeitar prateleiras. Relatou ainda que o Juquinha é metido a poeta, chega no bar e recita versos dele mesmo, para ganhar uma cachaça. Tem até boa rima. E à noite, numa pose de astrônomo, bota uma cadeira no quintal para apreciar as estrelas. Esquece as horas ali, sabe o nome de cada constelação.

– Depoimento inteirinho inútil. Perito rigoroso não anota essa baboseira. Bom, vamos ver quem mais. Ah, até uma costureira? Cada tipo que você me arruma... e aí?

– Disse que o Juca era um mulherengo, casou novo, desempregado, a esposa é que sustentava o vagabundo, nas palavras da costureira. Morreu cedo, a coitada, puro desgosto que virou doença, dessas que vão matando devagarinho. E falou mais: que ele até era habilidoso na marcenaria, mas com a cachaça não vingou no ofício. Hoje vive de biscate, faxina, ajudante de pedreiro, lavador de carro, mal tira pra comer.

– Outro depoimento imprestável. Repito: você anotou pra quê? Quem mais? Bem, o farmacêutico. Esse, pelo menos, deve ser mais instruído.

– Disse que o Juquinha tem uma cabeça confusa, se inflama quando o assunto é religião ou política, vê comunista pra todo canto, até o papa é um deles, que a ditadura deveria voltar no Brasil. Repete também que é devoto de Antônio Conselheiro, que Dom Sebastião vai reaparecer e o fim do mundo está chegando.

– Mais asneira sem porra nenhuma de valor. Parece enredo de novela. E você, fazer o que com isso? Agora... uma enfermeira. Ainda bem, a última da lista.

– Na verdade, técnica em enfermagem. Odete, o nome dela. Mora ao lado do barraco do Juquinha. Afirmou que doido ele não é, a bebida é que lhe bota confusão na cabeça. Conversam muito, os dois. Uma tardinha, ele confessou que tinha insônia, medo da noite, do silêncio. Pedra preciosa, cachaça, pescaria, só valem pra ele esquecer que é um desgraçado, fudido, sem mais chance na vida. Nesse dia, lembrou Odete, ele chorou.

– Grande novidade. Pronto? Acabou o besteirol?

– Não, chefe. Ela contou que ontem viu o Juquinha saindo de casa, vara e iscas na mão. Com um detalhe: a vara não era a dele, que ela conhecia bem. Esse dado foi essencial para...

– Já sei, pra você escrever um romance.

– Então paramos por aqui?

– Acho bom. Estou muito ocupado com o crime da traveca, você também devia estar. Vou até lhe dar um conselho: busque outra carreira. Pode se tornar um escritor, contista, cronista, blogueiro, tuiteiro, o caralho, mas perito criminal...

– Desculpe, chefe, ainda não terminei.

– Mais literatura?

– Talvez uma crônica policial, já que o senhor insiste.

– Desembucha logo.

– O depoimento da Odete me intrigou. Hoje de manhã, fiz várias diligências, voltei ao bairro, fui ao cartório, mobilizei colegas da perícia. Consegui identificar, na vara de anzol, as impressões digitais do Juquinha e do seu primo, o lutador de caratê. Tentei mesmo conversar com ele. Ninguém sabia onde estava.

– Também não fez falta, ele só ia contar mais lorotas sobre esse tal Juquinha.

– Ele não, chefe, mas suas impressões digitais contaram. Eram as mesmas da arma que executou o travesti.

Trinta e oito segundos

O olho da câmera vê a cena filmada. Olho indiferente, puro mecanismo, não analisa nem julga, não tem reações emocionais. Capta imagens, não os dramas que elas encobrem. Foi assim, quando ela gravou o acontecido da última semana, num morro da metrópole carioca. Era um dia movimentado, invasão da polícia, maus presságios para aquela comunidade. Num instante, dois militares, fortemente armados, chegam correndo. Além do olho, a câmera tem um ouvido – seu apelido é áudio – que escuta com precisão os primeiros gritos: "Vai, vai, vai, polícia, abre a porta, meu! Polícia, abre, meu!". O aparelho identifica um barracão da favela. A porta não é de madeira, é uma grade de ferro e vidro. O policial não chama, não pede licença, já começa a chutar, um, dois, três, cinco fortes golpes com o tacão do coturno. O vidro estilhaçado, a porta violentada se abre. Ela deve ter custado dias ou semanas de trabalho para se integrar à original arquitetura daquela habitação. A câmera, no entanto, não faz especulações, apenas registra o que está à frente. Se colhesse, em vez daquela, uma cena de carícias, sua indiferença seria a mesma. Por sinal, ela desconhece quem a está manejando neste momento, um terceiro policial. "Vai, vai, vai!" O invasor, colete à prova de balas e metralhadora em punho, entra desembestado, seguido do colega tão armado quanto. Lá dentro, uma parede de tijolos à vista, em parte chapiscada. Peças de madeira separam os pequenos cômodos, não se sabe qual deles é sala, quarto ou cozinha, nem se eles têm tais nomes e usos. A câmera também não imagina quantas pessoas vivem ali. Muito menos tem noção de tempo, para perceber que as imagens se atropelam na correria. Ouve cães latindo aflitos, nos becos e barracos, ao redor. O olho percorre mais um espaço multiestilos da casa: uma janela de alumínio, o chão de azulejo que orna a carência da construção invadida. Também não se dá conta de que o clima é de puro horror. Olho e ouvido de máquina não decifram barbárie nem camaradagem. À esquerda, pequena poltrona coberta com um forro estampado e encardido. Em seguida, a ação converge para mais uma porta, mescla de madeira e vidro. Os estranhos notam que ela está fechada. E haja ouvido mecânico para não se assustar com mais berros: "Vai, vai, vai! Abre a porta, abre ou morre, abre essa porra, meu!". A cerimônia não prossegue com um chute, desta vez é com um tiro na fechadura. Agora sim, duas fortes pancadas de coturno. Porta arrombada, a câmera olha para baixo, há manchas de sangue no chão. Junto delas, um homem deitado, relógio no braço, olhar aterrorizado. E mais gritos: "Mão na cabeça, vamo!". Difícil obedecer, os braços estavam no chão, um alongado para frente, ferido, outro escorando a cabeça. Não houve tempo para nenhum movimento. O áudio, passivamente, capta outro uivo: "Tá fudido, vagabundo!". Agora, o olho não vê mais metralhadora, são duas pistolas automáticas apontadas para o corpo no chão. Acuado diante delas, o homem ainda ousa pensar, último engano de esperança: será que vão me levar para um hospital, ensanguentado como estou? A resposta foi imediata. Não teve tempo de se mexer, de falar, sequer implorar. A câmera é incapaz de descrever seu estado de estupor e desamparo, de perceber que ele repassa, num filme rapidíssimo, toda a sua vida, os amigos, a amada, os filhos que nunca vão saber por que ele está ali, encurralado, sem o mínimo direito de defesa. Ele já não fita os visitantes. Nos confins do desespero, dirige-se a quem lhe deu a vida, fosse Deus, a mãe, o destino, como a dizer, na derradeira agonia, afasta de mim este cálice. Mais um urro: "Vai, vai!", seguido de um tiro e do clarão cuspido pela arma de fogo. A cabeça tomba de lado. O corpo todo se agita num movimento curto e seco. O ouvido da câmera, inerte, registra um choro agudo e abafado de mulher, bem ao lado, mas o olho não a vê. A cena está no fim. Olho e ouvido, impassíveis, gravam mais um tiro e, numa sequência cada vez mais rápida, o corpo já imóvel, outro tiro, mais um, outro mais, clarões voando das pistolas. São nove disparos, rumo à cabeça e ao coração que não vai mais sonhar, ponto final de uma história única, irredutível a todas as demais daquele morro. O ouvido capta mais um resto de frase, vociferada em meio a tantos ruídos: "... não fala, porra". E o olho também ignora que ali se cumpre uma promessa injustificada de morte. Derradeira imagem: os invasores se retirando, cruzando a porta da rua, quer dizer, do beco. A cena toda durou trinta e oito segundos. Não se perguntou à câmera se ela queria, friamente, continuar testemunhando. Desligada sem aviso, sua missão chega ao fim.

PARTE IV

À mesa do bar

– Não precisamos nos apresentar, suponho.

– Nunca nos vimos, certo, mas nossa familiaridade é inconteste.

– Mesmo assim, Manoel, desculpe o lugar-comum, é um prazer estar aqui com você.

– Prazer, Giorgio, é emoção que não nos toca mais, apesar de estarmos à mesa de um bar, tentados às delícias do vinho, da palavra, músicas, mulheres.

– Só mesmo num bar, Manoel, celebraríamos as muitas décadas que separam nossa chegada, perdão, outro clichê, a este vale de lágrimas.

– Estranha sina, Giorgio. Nascemos sem nos consultarem se queríamos ou não aportar neste mundo. E nem nos perguntaram sobre o dia de deixá-lo para sempre.

– Chego a pensar que foi injusto, Manoel.

– De que está falando, Giorgio?

– Aproveitei bem mais que você os frutos da terra. Você morreu com apenas quarenta anos, deixando suas poesias de devasso arrependido. Dava gosto, na escola, declamar seus versos pré-românticos: "meu ser evaporei na lida insana / do tropel das paixões, que me arrastava". Pobre Manoel, logo você que sonhava "em mim quase imortal a essência humana". Longe estou de comparações, mas cheguei aos setenta e oito sem me lamentar.

– Invejo muito, Giorgio, sua experiência da velhice. Um aneurisma roubou-me essa ventura. Mas "sem me lamentar"? Você morreu, meu caro, sem encontrar a tal "coisa perdida", sua *Res amissa*, já esqueceu? "Dela não encontro mais traço"... "dela não vejo mais sinal." Ora, Giorgio, cá pra nós, sua vida foi só lamúrias.

– Mal nos encontramos, Manoel, e já começam as rixas. Poetas são mesmo incorrigíveis, nem a morte apagou nossas vaidades.

– Você que provocou, Giorgio. E mais: eu não trocaria a intensidade de meus quarenta pela extensão de seus setenta e oito.

– Você é desabusado, Manoel. Mas chega de querelas, não? Que tal um bom vinho para mudar o rumo da prosa?

– Pensando bem, Giorgio, não temos o que prosear. Nenhum assunto deste mundo, guerras, política, beleza, miséria, sexo, nem mesmo a poesia, nossa razão de viver, nos excita mais.

– Não seja tão realista, Manoel. Vamos pelo menos brindar o inesperado deste encontro.

– Que seja, Giorgio. Bebamos para passar o tempo. Que bobagem, o tempo não passa mais para nós. Bem, talvez nos reste um único assunto.

– Fiquei intrigado, Manoel.

– Já que nos trouxeram até aqui, por um breve momento, diga-me, Giorgio: qual é a matéria que nos dá forma, um diante do outro, nesta mesa? Afinal, se já morremos, é verdade que estamos aqui?

– Boa questão, Manoel. Temos uma realidade, sim, estamos até conversando. Mas, parafraseando você, "nosso ser evaporou", já não somos corpo, já não temos semblantes, gestos, afetos.

– Um momento, Giorgio, chegou o vinho. Saúde!

– *Salute*!

– Sabe o que estou a ruminar, Giorgio? Um retrospecto de nossas vidas. Repare bem: para existirmos, moldaram-nos em barro e o sopraram. Do sopro germinaram nossas almas, nossas paixões, a teimosia em fazer versos. Um dia o sopro se esvaiu. O meu, em 1805, o seu, em 1900. Éramos nada, voltamos ao nada, nem o pó restou.

– O barro do qual fomos feitos, Manoel, chama-se tempo. É ele o sopro que nos movia, o rio onde flutuaram nossas histórias. É ele... ora, chega de filosofia besta! Estou mais interessado em sua pergunta. Afinal, é verdade ou não que estamos aqui? Voltamos à existência, mesmo invisíveis?

– Mas só existe verdade visível, Giorgio? Imagine Deus. Existe? Pois Ele é o invisível por excelência. Por não suportar seu enigma, os homens o pintaram com barba, carne e supremo poder.

– Tem razão, Manoel, Deus foi criado pela mente humana amargurada em decifrar o próprio destino, a própria morte, esta que já não nos mete medo.

– Você está dizendo, Giorgio, que o criador é o homem, Deus a criatura? Mas ele não lhe fazia tanta falta? E aqueles versos "Meu Deus, mesmo se não existes, por que não nos assistes?".

– Ora, Manoel, aos homens basta a imaginação para criar deuses, demônios, fadas, mitos. Assim como acabaram de nos recompor, nesta mesa de bar.

– Os homens, Giorgio, precisaram de deuses para não enlouquecer, para dar sentido a seus dias sem sentido, a este mundo decididamente absurdo.

– Sejamos honestos, Manoel, com nossa poesia, também tentávamos encontrar uma resposta ao despropósito da existência. Lembre os seus versos: "Quando te logro mais, mais te desejo / quando te encontro mais, mais te procuro".

– E no fundo, Giorgio, nossos versos, nossa prosa, de que valeram? Acaso abrandaram o desamparo dos condenados deste mundo? Aboliram a arma que cala, covardemente, a mulher insubmissa? Baniram as violentas garras da intolerância?

– Temo que não, Manoel. Mas nossos versos podem ter colocado um livro, uma flor, um pincel, nas mãos que antes portavam apenas um punhal.

– Não é muita ingenuidade, Giorgio, atribuir tal poder a esses versos?

– Pode ser, Manoel, pode ser. Morri, no entanto, mergulhado nessa ingenuidade, não posso mudá-la agora.

– Felizmente, ninguém mais carece da miragem de nossos poemas.

– Discordo, Manoel, alguém precisou de nós. E por uma razão bastante trivial. A professora de literatura, ali na mesa ao lado, pediu a dois alunos inventarem uma conversa fiada entre dois poetas. Mero exercício de aula. Por acaso, fomos os escolhidos.

– A bem dizer, Giorgio, não estamos aqui. Estão as palavras tecladas no computador.

– Filhos da mãe, deram-nos a ilusão de volta à vida, e nós caímos na esparrela. Estamos conversando sem existir, Manoel. Não passamos de mero exercício escolar.

– Mas os dois precisaram de nós, Giorgio. Há um sentido nobre – a arte da palavra, a poesia – em estarmos aqui.

– Vamos durar, Manoel, só até colocarem o ponto final neste "dever de casa". Não sabemos mais por quantos minutos.

– Você ficou pálido, Giorgio!

– Sabe, Manoel Maria Barbosa du Bocage, me deu uma nostalgia de quando éramos carne e osso, enfrentávamos a solidão, dela escapando com a poesia. Desejaria ficar aqui por mais tempo. Pra ser honesto, tenho medo do ponto final deste maldito "para casa".

– Ei, Giorgio Caproni, beba devagar. Cuidado, você pode se engasgar. Não, Giorgio, você está tendo uma convulsão. Giorgio, não me deixe sozinho. Se você for embora, Giorgio, eu também... Giooooorrr...

O lençol

Eu era o único sobrinho que morava na capital. Os filhos, Júlio e Marta, chegariam de trem, no final da tarde. Até hoje não sei o nome daquele salão, se necrotério, morgue, sala mortuária ou simplesmente espaço sem nome. Só sei, é pra lá que se transporta, no interior do hospital, o corpo de quem acabou de morrer. As paredes brancas, nenhum enfeite, cumprem o ofício de guardiãs indiferentes da morte e do silêncio.

Entrei devagar, arredio. Ninguém. Nem as duas funcionárias que, horas antes, tinham trazido o corpo de noventa anos. Por que deixaram lá a tia, absolutamente sozinha? Bem, havia uma insistente mosca-varejeira, só ela, voando em torno. Um frio percorreu minha pele, estremeci por dentro e fora. O verso da canção que as rádios estavam divulgando, naqueles dias – celebravam-se os 25 anos da Tropicália –, ressoou inteiro em mim: "solidão apavora".

Perguntei-me se era justo. No CTI, mesmo sofrendo muito, ela sempre tinha alguém por perto, acompanhando os marcadores vitais, ocupando-se da higiene, da medicação, dos imprevistos clínicos. Agora, deixada ali sobre uma cama de cimento liso e frio, envolta num lençol branco, mais parecia um grande embrulho sem destino, a ser descartado. É verdade que o corpo seria depois entregue aos profissionais que preparam e maquiam o defunto, antes de o liberar para a vigília dos familiares. Ainda bem. Esses verdadeiros artesãos seriam os próximos acompanhantes da tia, embelezando-a para o encontro final, no velório, lugar de muita gente em volta, quero dizer, os dois filhos e eu.

O que me assombrou foi o tempo em que ela ficou isolada naquele espaço. Tive vontade de protestar, sem ter a quem dirigir meu reclamo. Alguém deveria manter-se ali, fazendo companhia, velando. Eu tinha um sentimento, quase certeza, aquele corpo ainda estava habitado, esperando presenças, conversas sobre o capítulo final – ou o posfácio? – de sua história. Era o momento de ela contar como estava acontecendo sua passagem para o além. Mas como, se estava sozinha, empacotada? Tive um quase surto de indignação e autoritarismo: fosse eu prefeito, bispo ou governador, criaria por decreto a secretaria dos mortos. E expediria, de imediato, uma lei: "Nenhum corpo, após a morte, poderá ficar, um segundo sequer, sem alguém por perto". Sem essa lei, dá nisso: morre, cobrem com um lençol, isolam no necrotério, sobre o cimento frio. Só a mosca, se mosca houver, vai comparecer.

Procurei até argumentar comigo mesmo, rebatendo minha revolta inútil: a vida já lhe disse adeus, cadáver não sofre de soledade. De nada adiantou, eu estava aferrado à tese dos tanatólogos, esses esforçados decifradores do ato de morrer: sempre restam uns fiapos de vida saindo aos poucos do corpo, que a alma é teimosa, demora a procurar outro rumo. Não é por isso que, entre nós, se aconselha o enterro no dia seguinte à morte? Em outros lugares, mundo afora, só depois de uma semana ou mais, não? E nem vamos chegar à teimosia da alma de San Gennaro, morto no ano 305, cujo sangue, coagulado numa ampola de cristal, se liquefaz duas ou três vezes por ano, ante milhares de fiéis, na catedral de Nápoles. Esta, sim, é alma birrenta, que insiste em não ir embora.

Comecei, então, a vislumbrar alguns restos de vida naquele corpo, desprendendo-se e contando casos aos acompanhantes. Quais casos? Seria, por exemplo, o pavor da morte, nas últimas horas no CTI? Ou a lembrança do grave acidente do filho, alguns meses antes? A nostalgia incessante do neto que nunca teve? A antiga aventura, quando fugiu com o namorado, forçando os pais a permitir seu casamento? A infância pobre e a alegria de ir à escola?

Cheguei perto. Não tive coragem de levantar o lençol. Acabei tendo. Olhei cada detalhe do rosto. Perseverei na busca. Nada. Nele não havia mais semblante. Por minha conta, concluí: os fiapos todos de vida já saíram voando. Se ainda estivessem por aqui, alguma nesga do lençol iria flutuar, de levinho, me pedindo que ficasse. O verso da canção insistiu: "solidão apavora". Parecia sugerir, no entanto, que eu aceitasse a morte, indiferente e bruta, ante meus olhos, pouco importavam meus sentimentos. Insinuava ainda que eu podia me retirar, a tia já não estava ali. E, se não estava, não havia mais solidão. A pura matéria dispensa companhia.

Esse pensamento me confundiu, fiquei paralisado, meio tonto. Procurei um banco frio para me assentar. Vinte minutos depois, outro corpo, também sob um lençol branco, chegava ao salão sem nome.

Na igreja

Julinha, olhando para os bancos de trás da igreja, aninhava a cabeça entre o ombro e os cabelos soltos da mãe, Cecília, concentrada na missa e toda voltada para o altar. Nos braços e no calor maternos, envolta em tanta proteção, a menina nem via diferença entre estar do lado de fora ou ainda no ventre que a guardara durante meses. Inventou até um aspecto grave no semblante, jeito de sacralizar o sentimento de plenitude que inundava seu corpinho.

A igreja cheia, o coro entoava músicas de Natal, cantando histórias de uma noite mágica. Sentada no banco de trás, tomei o celular e cliquei as duas. Sou irmã de Cecília. Suponho que ela nem se lembrava, naquele instante, da antiga foto em preto e branco, na qual ela também, pequenina, lá na roça, se enroscara entre o ombro e os longos cabelos de nossa mãe. Foi esse retrato, desbotado de quase trinta anos, que me impeliu a registrar a cena idêntica que, agora, alguém diria, fora montada de propósito. Nas duas imagens, a presença de três gerações.

Naquele momento, coloquei-me no lugar de minha irmã. Certamente, ela não pensava na longínqua foto, eu é que, movida por súbita comoção, corri ao celular e flagrei mãe e filha. Num relance, antevi a cena de hoje se repetindo, daqui a vinte ou trinta anos. Deste mesmo lugar, eu estaria contemplando Julinha, já mamãe, também numa noite de Natal, acolhendo no ombro sua pequena. E registraria num clique a imagem das duas. Estaria, assim, documentada a linhagem de filhas no aconchego de mães, avós e bisavó.

Esse último retrato, no entanto, Cecília nunca veria. Ela

se foi para sempre. Pias vozes afirmaram que Deus a levou para junto de si. Outras, opiniosas, eu entre elas, execraram o Deus que, assim cruel, nem deve existir, senão por que levá-la tão cedo?

Um ano decorrido, estou de novo aqui, noite de Natal. Igreja cheia, vejo-me completamente só. As músicas continuam. Não estou me sentindo bem. Nem consigo distinguir se estou neste lugar, hoje, ou na foto do ano passado. Nem mesmo de onde vem a música, se desta igreja ou daquela outra, invisível, que dizem existir em outra dimensão e até ser eterna, pois é lá que Cecília foi morar. Foi mesmo? Mas a vida não é só aqui e pronto? Estou meio tonta. Dizem que a imaginação inventa tudo, outra vida, céu e inferno, alma sem corpo, deuses, anjos. Inventa até, ainda bem, o nada absoluto, no depois que a gente morre, esta sim, é minha fé, acabou, tá acabado.

A menininha continuava séria. Mas minha memória embaralhada não sabe qual delas, a que olhava pra trás, na igreja, ou aquela do antigo retrato em preto e branco – Cecília –, cujo sopro foi sumindo devagarinho, era manhã de inverno, no quarto tão triste do hospital. Os sons do coro continuavam, seus acordes inundavam minhas entranhas, minha tontura e meus olhos umedecidos.

Só vou à missa de Natal por tradição de família, mero ritual. Repito, não creio em outra vida além desta, palpável, que não exige ato de fé. Agora sinto forte vertigem, quase não me alimentei hoje, estou até fantasiando a chegada de Cecília no céu. Devia ter ficado em casa. Nessas horas, o espírito e as convicções também costumam fraquejar. Até a tentação infantil de crer em alguma coisa fica me rodeando. Acho que vou desfalecer, estou começando a delirar. Vejo Cecília aproximar-se de mim, a contar como foi a sua entrada no céu: tinha coro, liras, bandolins, e tanta gente que partiu antes dela – a nossa mãe lá da roça, a parentalha das gerações passadas, colegas de trabalho, aquele holandês pacato que veio morar no Brasil, a vizinha, filha do espanhol, também corroída pela doença cujo nome era proibido pronunciar. O rito da entrada era solene. Lá no fundo, o Pai Eterno, negro, sem barba, trajes africanos – a nossa família tem origem numa escrava negra, empregada do vigário que lhe fez cinco filhos.

Cecília está entrando. Olha para os presentes, finge seriedade, mas o canto da boca era de deboche. Afinal, sua dúvida persistia: céu existe mesmo? Um querubim, numa chacoalhada de asas, faz a ela sinal para avançar. Perguntou se tinha prestado contas à corte do juízo final.

– Já, sim, depois conto o aperto que passei lá, quase fui barrada.

Outro assistente do Deus-Pai indaga se tem algo a declarar. Ela diz que ainda lhe dói a saudade de nós, que ficamos, mas queria carregar essa dor, mesmo ali, na tal felicidade eterna. Isto ela já tinha dito, antes de morrer: "sei que vou sumir no puro nada, mas ainda assim vou ter saudade de vocês".

Dois outros anjos ostentavam uma faixa com adereços coloridos: "Bem-vinda ao paraíso!". Agora, o querubim lhe pede que caminhe em direção ao Pai Eterno. Silêncio total, suspense! Foi aí que um barulho diferente começou. Busquei entender de onde vinha. Fui retomando os sentidos. Uma enfermeira, presente na igreja, me amparava nos braços, a ambulância iria me levar ao hospital. O povo já saía da igreja, a missa tinha acabado. Foguetes espocavam lá fora.

A fotografia

Meio da tarde, calmaria. Agora é moleza, doutor! O vasilhame inteiro já foi lavado. Vinte e dois corpos moídos, mulheres e homens, trabalhando no grande restaurante. Estão lá desde as sete da manhã. Já deram o almoço, umas duas mil bocas, a maioria estudantes, além de funcionários e professores. Bocas exigentes para saborear temperos, odores e cores, pois cor também a gente come, almoçar não é só encher barriga, o senhor concorda? Vinte e dois rostos sofridos, entre 19 e 55 anos. Tinham dormido um sono minguado, curto, para vencer a canseira de ontem, cama é só pra isso, outros proveitos, mal-mal no fim de semana. E amanhã será igualzim, pular das cobertas às quatro e meia, dois ônibus para chegar até aqui. E pra voltar? O cansaço vai cochilar no busão lotado, cheirando a suor de salário baixo, como Deus quer, afinal, trabalhador e animal é a mesma coisa, tem é que fazer o mandado e pronto.

É isso! De manhã, os pratos foram preparados e levados ao fogo, haja braço para remexer panelões de feijão arroz carne batata abobrinha macarrão couve berinjela moranga, encerra logo essa lista, que só de escutar as mãos e braços já começam a doer. A salada, alface tomate repolho couve-flor almeirão pepino cenoura rabanete, tudo picado, temperado, haja capricho para agradar essa meninada, mas dá gosto, olha aquele rapagão ali, futuro doutor, um dia vou dizer, esse aí fui eu que alimentei pra ele ficar forte e diplomar, benza Deus!

Das sobremesas, nem se fala, uma diferente a cada dia, já pensou o que é um cajuzinho?, espia só, descascar quilos de amendoim torrar despelar moer misturar açúcar chocolate pegar um naco entre os dedos e dar a forma do caju dois mil no dia, uuui!, agora é o corpo todo que dói, porque não é só fazer, tem que sair bem-feito, essa moçada não perdoa, reclamação é que não falta.

Depois? Haja muque pra lavar pratos talheres copos panelas e bandejas enormes, enxugar botar no devido lugar, a água fria refresca as mãos e braços, mas não alivia a amargura lá no fundo.

Meio da tarde, calmaria. Agora é moleza, doutor! As mesas juntadas uma na outra, a gente senta em volta e vai jogando conversa fora, enquanto enrola garfo e faca no guardanapo, o prato virado pra baixo, é a mesa posta para o almoço de amanhã. Moleza, modo de dizer. O remédio pra dor já não tem muito efeito. Sempre gente faltando, uma colega de atestado, outra não aguentou, faltou sem atestado, vão cortar o dia dela, tem até quem piorou tanto que aposentou por invalidez, vai sentir a vida acabar antes da hora. Será um castigo merecido?

Mas a turma não entrega os pontos, arranja uma prosa para distrair, melhor que ficar calado e sozinho em casa, adoecido ou desempregado. Hoje, o converseiro descambou pra quando a gente era pirralho, onde trabalhava, o que fazia lá na roça:

– comecei com sete ano, na enxada, com meu pai e os irmão;

– saí de casa com nove, fui trabalhar de babá, a patroa disse que ia colocar eu na escola, pergunta se colocou;

– trabalhei numa olaria com meu tio, desde os dez ano, só entrei na escola com treze, escola rural, estudava tudo numa única sala, as idade misturada, tinha só uma professora;

– meu pai ficou entrevado na cama, a gente era quatro irmão, passava fome;

– meu pai largou da mãe, amigou, aí a mãe adoeceu, parei de estudar pra ajudar em casa, nas plantação.

O papo continuava, tinha lembrança boa também, a vida gostosa da roça, mesmo na pobreza, berne piolho lombriga bicho-de-pé catapora o primeiro namoro, ninguém passou da escola primária, do quarto ano. Depois veio a mudança para a cidade, procurar emprego, muito bico, cada dia num lugar, comércio, fábrica, construção civil, faxina de prédio e, já sabe, tudo sem carteira. Até que um dia a gente acabou fichada aqui neste restaurante.

Cada caso puxava mistura de riso – esse era pouco – e uma gota de choro que nem chegava a escorrer. Estar ali juntos, quase fim de expediente, o sentimento de uns pelos outros, isso dava sustento maior que a comida e a merreca do salário.

Tava quase acabando, talheres no guardanapo, pratos no lugar. A Glória reparou: uai, gente, o Mateus hoje tá calado, ele não é disso. A turma olhou pra ele, que raspou a garganta. Ia começar a falar? O Ivan se intrometeu: deixa ele em paz, cambada, não quer falar, não fala. Ele raspou a garganta de novo, mais forte. Então fala, Mateus, remendou o Ivan.

– Ô gente, eu tô calado porque lembro pouco de minha infância, o que vocês contaram parece tudo comigo, mas tem um porém, um pesar que carrego, é que eu nunca tirei um retrato, quando era menino, lá na roça, família muito pobre, pode falar que é frescura, mas eu não sei como eu era, só retrato é que mostra isso, retrato é igual raiz, o resto da árvore só cresce se tem raiz, hoje eu faço muita foto de meus filhos, não vai acontecer com eles, o primeiro retrato que tirei, já tinha quinze anos, dali pra frente é que tenho história pra contar...

Ninguém falava.

... e tem outra coisa, lá pelos vinte e dois, começou a aparecer esse caroço no meu rosto, ele cresceu, ficou muito feio, o médico não quis operar, que não era doença ruim, aí eu tenho vergonha de retrato com esse caroço, quando tiro um com a família, viro a cara pro outro lado.

Mais um tempinho, a turma ainda calada. Certeza de que todo mundo estava compadecido com ele. O silêncio ia continuar, se a chefe não gritasse, lá de dentro da cozinha: “E aí, gente, cês tão esperando o quê?, cinco minutos pra bater o ponto”.

Visita inesperada

Segundo mês em quarentena. Pandemia, riscos, medo. A filha única mora no exterior. Amigos e parentes não a frequentam, pelo menos por enquanto. Pela idade, ela é "grupo de risco". Só abre a porta para os entregadores, um da farmácia, outro da padaria, de compras pela internet, da pizza ainda quente. Mais de uma vez, um gato vizinho também quis entrar.

Anita fez um acordo com a solidão forçada: não se entregar ao monstro paralisante que, meses atrás, começou a habitar seu corpo. Sim, as pernas começaram a fraquejar. A sentença de morte, progressiva e lenta, fora dada pelo neurologista. Doença degenerativa. "A senhora poderá viver ainda muitos anos, mas a perda gradual dos movimentos, até da fala, é sem retorno." Naquele segundo, uma vertigem faiscou no branco do jaleco à sua frente. Repassou na memória incontáveis cenas de pavor da morte, do pânico seguido de choro no hospital, pacientes que também recebiam notícias fatais. Ela era enfermeira de longa prática ambulatorial. Jamais se habituara a aceitar a morte, mesmo a alheia, no cotidiano do trabalho. Só rezava em silêncio, apesar de se proclamar não crente: meu Pai, esse cálice, aparta ele de mim. Impensável encarar o nada a espreitar do fundo do túnel. Sem saída.

Ela acabara de se aposentar quando teve a notícia. Até então, os planos eram mudar-se para uma roça, repartir o tempo entre a culinária, flores, hortaliças, até algum trabalho voluntário, sem horários ou cobranças. Ainda iria sentir, no ribeirinho do sítio, muita água rolar debaixo e acima de seus devaneios, à espera da velhice. Sonhara morrer como a desbocada tia-avó, cento e três anos em ditosas rugas. Só mais tarde enfrentaria o declínio natural do corpo, a caduquice bem-vinda, aguardando serenamente o repouso derradeiro.

O fio da velhice, no entanto, seria cortado antes da hora. Adeus, ócio na culinária, jardins e hortaliças. Daqui para frente é desgastar-se com o calvário de exames, fisioterapias, internações desavisadas, efeitos colaterais, o cordeiro levado aos poucos ao matadouro. Esse enredo ela conhecia de sobra, no hospital. Chegou a pensar em liquidar essa agonia de uma vez. Ela conhecia receitas de morte sem dor, bastava um gesto de coragem. Remoeu a ideia, mas recuou. Ainda queria aproveitar, fosse em migalhas, os dias de saúde que lhe restavam.

A pandemia, no entanto, mudou sua rotina. Com a doença ainda em estágio inicial, ela podia cuidar-se. Dispensou a empregada. Carregou no celular uma seleção de músicas que lhe acalmavam a angústia, enquanto limpava e varria, enxugava, passava e cozia. Ao mesmo tempo, os noticiários ampliavam seu temor das ameaças à democracia, milícias na rua e nas redes sociais. Nem a jogadora de vôlei podia mais gritar "fora, fulano de tal", que era levada aos tribunais desportivos.

Em seu confinamento, os anos adormecidos de política universitária, trocados por outra luta nas enfermarias e leitos de morte, começaram a rebrotar. O súbito desejo de revisitar sua juventude irrompeu na tarde em que reparou as estantes meio desarrumadas. No fim de contas, seu passado de sonhos estava arquivado bem ali, dentro de casa. Ela nunca o abandonara de verdade. Recobrou emoções. Em vez de plantas e culinária, teria outra ocupação, antes que a paralisia lhe roubasse os movimentos. Talvez encontrasse aí um lenitivo para esperar a morte.

A biblioteca era o caminho de volta aos anos 60 e 70 – muito livro, textos avulsos, cadernos amarelados, enciclopédias, caixas e álbuns de fotos, revistas, tanto papel acumulado durante décadas, o hospital não lhe dera tempo de decidir o que guardar ou jogar fora.

E assim foi nos meses seguintes. A cada dia, desentulhava as memórias encaixotadas, na arrumação última da biblioteca e da existência. Eram impressos de uma trajetória militante, jornais de sindicatos, boletins do diretório estudantil, panfletos de assembleias e passeatas, alguns ainda rodados em mimeógrafo. Recortes de jornais e revistas noticiando prisões, assassinatos e torturas. E o que fazer com as coleções de *O Pasquim*, *Opinião*, *Movimento*, *Cadernos do Terceiro Mundo*, *Brasil Mulher*... não tinha coragem de descartar tanta relíquia. E os livros? *Brasil: Nunca Mais*; *O que é isso, companheiro?*; *Batismo de Sangue*... eram apenas parte da estante que ficava do lado esquecido da parede. Ia escavando e tirando a poeira da papelada e do passado. Às vezes, dava vontade de chorar. Outras, chorava mesmo.

E tinha mais obras da literatura universal e regional, tinha os quadrinhos – *Mafalda*, *Asterix*, o *Pererê* do Ziraldo, o *Fradim* do Henfil, o mofo guardava até um antigo exemplar do *Jeca Tatu*. E nem se fale da coleção de LPs – música erudita, *jazz*, MPB, cancioneiro afro, oriental e latino-americano. De resto, o acervo acadêmico, manuais, apostilas e artigos científicos, alguns repetidos, outros incompletos.

Ao longo de três meses, triava papéis e meditava. Estremeceu no dia em que suspeitou que tantos textos e imagens, para ela tão sagrados, teriam apenas valor afetivo, não interessavam a mais ninguém, poderiam simplesmente ir para o lixo. O que era relevante já estaria arquivado em bibliotecas ou sites de domínio público. Ali talvez restasse apenas sua história pessoal, só valorizada em seu restrito entorno de amigos e colegas: uma ex-ativista estudantil e profissional dedicada, que sonhara com um mundo melhor. Nada mais. Era uma mulher comum, não teria estátua em praça pública nem nome em placa de rua. Além disso, qual diferença entre ela e centenas de mulheres para quem a morte igualmente acena antes da hora, por doença, fome, guerras, violência sexual, doméstica ou religiosa? No entanto, partilhar tal desdita não lhe servia de consolo. Sua história era única.

Vez por outra, folheando um caderno e seus ácaros, lembrava-se de outros planos abortados da juventude: ingressar em um grupo político clandestino; tornar-se pintora, *hobby* que ocupara suas poucas noites livres; viver numa comunidade indígena e conhecer sua língua, costumes, lendas, mitos. Tais sonhos, afinal, foram canalizados para o curso de enfermagem, que tinha um mesmo sentido de resistência contra as forças da morte.

Essa arqueologia embaralhava saudade, perdas, recompensas, amores, tudo banhado em clima de despedida. Ela guardava ali um tesouro que a traça já começara a corroer sem piedade. Por vezes, parava de remexer e se entregava ao desespero silencioso. Deus não afastaria dela o cálice embebido na paralisia progressiva.

Daqui a alguns dias, uma quebra de rotina: o retorno ao neurologista. Até o momento da consulta, a ansiedade só iria crescer. "E então, doutor, a doença avançou?; por quanto tempo aguentarei sozinha?; alguma providência para breve, um andador, cadeira de rodas?; doutor, o senhor acredita em Deus?"

Antes de sair, na manhã da consulta, passou na cozinha para um breve lanche. E não é que ali à mesa, depois de tanto tempo, chegara uma visita? Anita acabara de sentar-se, quando ela entrou pela janela. Sim, uma joaninha, silenciosa e elegante, expondo-se à admiração. O que fazer? Devolvê-la ao vento, por onde chegara? Não, ela era uma oferenda do acaso. Teve um primeiro impulso: pegou o celular e fotografou a besourinha, a dois centímetros de sua figura. Reparou mais ainda a beleza das cores. Mas logo se inquietou: a foto não é um jeito de aprisionar? Por que não aproveitar de outro modo aquele acontecimento singular que poderia até mesmo transformar sua vida? Pois lembrou a crença de que uma joaninha por perto é sinal de boa sorte. Sorte para a saúde? Sim ou não, era preciso decifrar aquela visita. Nesse caso, a pergunta ao médico mudaria: "Doutor, o senhor acredita em joaninhas?".

Enquanto comia um biscoito, deteve-se na contemplação da quase amiguinha colorida, oval. Esta, no entanto, já abria as duas conchas vermelhas, sob as quais as asas de seda ensaiavam um movimento. Anita recobrou o pensamento racional: superstição não cura nada. "Doutor, afinal, o senhor acredita em quê?" Sem resposta, limitou-se a contemplar, com desengano, a indiferente *Coccinela*, que, antes de zarpar, fez uma volta perto de seu braço. Outro impulso de captá-la em mais uma foto. Mas preferiu contemplá-la escapando para o mundo. E ficou apreciando. Naquele raro instante, a janela se tornou a moldura de nuvens claras, num vasto firmamento.

Anita voltou a assuntar: o retirar-se da joaninha levaria junto a boa sorte? Na verdade, queria adiar a resposta para bem depois, no futuro de seu corpo, no controle motor de suas pernas, braços, pescoço. Pensando bem, preferia a foto, que suspendia o voo, o tempo e o curso da enfermidade, congelando a imagem do bichinho no centro da janela. Assim, ao mirar o céu lá fora, entregou-se. Desfocou o olhar, fundindo-se com a imprecisão das nuvens. Ela e a paisagem restariam ali, indefinidamente alumbradas.

– Doutor, não minta pra mim, o senhor consegue deter o voo da joaninha?

Autobiografia

Meu neto pediu vovô escreve pra mim aquela música do berro que o gato deu falei que sim mesmo sem jeito muita dor estava já um ano na cama pernas atrofiadas essa madrugada tive febre e pesadelos que sonhos bons não sonho mais há muito tempo escrevi com dificuldade o berro do gato meu neto foi mostrar ao irmão mais velho que não entendeu a letra eu tinha calafrios não controlo mais meu corpo nem minhas palavras elas vão saindo goela afora não consigo fazer pausa nem organizar o pensamento a casa cheia de crianças a vida pulsando fora de minha cama fora do meu quarto fora de minha pele eu lembrando que também tive infância que minha mãe limpava minha bosta e meus vômitos sonhando que eu seria um filho prodígio um verdadeiro gênio mas esse gênio ficou dentro da garrafa deve estar lá até hoje garrafa perdida no fundo do mar no fim do mundo no cu do mundo lembro que na escola era aluno apenas razoável quando rapazinho quis jogar futebol uma vez uma única vez fiz um gol foi a maior glória de minha vida mas ninguém aplaudiu depois fui aprendiz de alfaiate anos mais tarde veio o casamento nunca saí de minha cidade sonhava com o mar que jamais vi as notícias do mundo chegavam pelo rádio só tinha rádio naquele tempo hoje não saio nem da cama acabei sobrevivendo no ofício de alfaiate era quarentão quando me casei porque casar era costume tive filhos porque ter filhos era costume tudo igual o ano inteiro comecei a perder o gosto pela vida não fazia planos me sentia fracassado no futebol no cavaquinho até na putaria nunca arrisquei abrir um comércio uma vendinha de secos e molhados pois iria à falência numa tarde de sexta-feira comprei veneno de rato no armazém fiquei com ele guardado uma semana o rato era eu mas não tive coragem hoje com mais de oitenta anos quero me esconder de mim mesmo não tenho história pra contar estou sem força até para me desesperar não passo de um sopro que nem chegou a escapar da boca nunca tive um amigo de confiança amor de verdade também não quem dera tivesse o olhar de alguém um só olhar para dele me despedir mas não tenho hoje se meu neto perguntar o que você fez na vida vovô só posso responder ternos camisas calças acrescentando que um dia fiz um gol e a história acaba aí olho para o meu neto que sonha com o futuro ele olha para minha escrita ilegível se olhasse direito veria que ilegível sou eu estendo a mão para fazer um carinho em seu cabelo cacheado ele se esquiva e sai correndo até pro meu neto sou um estorvo quando eu morrer nem os palmos de terra terão orgulho de acolher meus restos vou sumindo por dentro e fora não retornarei ao pó já sou esse pó essa matéria sem sentido que se esvai em sua inutilidade no meu último sussurro apenas me apagarei no escuro informe e vazio que já me habita.

Tiquim

Estava flutuando numa vastidão que se movia lentamente. Sonhando? Belisquei-me com força. Doeu. Sim, era um imenso rio a me levar. Margens longínquas separavam as águas e o céu. Totalmente só, à deriva naquele colosso líquido, primeiro senti estranheza. Depois medo. Quando ia mergulhando no pavor, a tua imagem sobreveio, serena, um sorriso em nuvens a me velar. Delírio? Pois não devia ter-me afogado? Que bobagem, estava numa canoa. E aí acordei de vez. Mas nunca, até então, me dera conta de meu real tamanho. Era eu tão pequeno, tão diminuto, que nem tinha reparado. A canoa também era uma coisinha assim, sabe o quê?, uma casca de amendoim. O rio, quase um oceano. E eu nanico, tiquim.

Minutos abaixo, as águas começaram a tagarelar. O fluxo gigante se inquietava em correnteza. Pânico? Nada disso. Tua mansidão me amparava. As águas assanhadas até me divertiam, jogando-me pra lá e pra cá, eu assim, caquim, na casca de amendoim. Desafiavas, ternura infinda, as corredeiras já em declive. Nem percebi aquele segundo. A queda-catarata me tragou. Bilhões de gotas crepitando boqueirão abaixo, tricotando um véu dançante. Em meio à imensa névoa, tua imagem persistia, manto diáfano de proteção. Entreguei-me ao sabor do abismo. Atado ao teu olhar, fui caindo. Caindo. Indo...

Catalogação na publicação
Elaborada por Bibliotecária Janaina Ramos – CRB-8/9166

A663

Araújo, José Newton

Retalhos de Fazenda / José Newton Araújo. – Belo Horizonte: Quixote+DO, 2022.

140 p.; 13,5 X 21 cm

ISBN 978-65-86942-75-0

1. Conto. 2. Memória. 3. Minas Gerais. 4. Literatura brasileira. I. Araújo, José Newton. II. Título.

CDD 869.93

Índice para catálogo sistemático

I. Conto : Literatura brasileira

Nesta edição respeitou-se o acordo ortográfico da língua portuguesa de 1990, que entrou em vigor no Brasil em 2009.

Quixote+Do Editoras Associadas
Rua Alagoas 1270 - sala 304
www.quixote-do.com.br
https://www.facebook.com/QuixoteDoEditora/
https://www.instagram.com/quixote.do/
https://www.youtube.com/c/QuixoteDoEditorasAssociadas

Três dos contos aqui publicados foram premiados em concursos literários: *Retalhos de Fazenda* - concurso Talentos da Maturidade/Banco Real; *Olívia* - Organização dos Aposentados e Pensionistas (OAP) da UFMG; *À mesa do bar* - Diretoria Acadêmica/Coordenação de Pesquisa da PUC Minas - São Gabriel.

#tudocomeçanalivraria
#QuixoteDo2022
#Retalhosdefazenda

1ª edição [2022]

Esta obra foi impressa na Gráfica Formato
em papel Pólen Bold FSC® 90g/m²

Selo "FSC®" – Forest Stewardship Council® (Conselho de Manejo Florestal) é obtido por empresas que têm sua operação avaliada, garantindo que o papel usado na impressão é produzido de maneira ambientalmente adequada, socialmente benéfica e economicamente viável. A Formato é certificada desde junho de 2010.